HENRY JAMES

EL BANCO DE LA DESOLACIÓN

HENRY JAMES

EL BANCO DE LA DESOLACIÓN

Presentado por
ANTONI MARÍ

CUADERNOS DE BITÁCORA

Colección dirigida por
Rafael Argullol y Rafael Sender

Título original: *The joly corner,* 1908; *The Beast in the jungle,* 1903; *The Bench of desolation,* 1910
Traducción: Olivia de Miguel

Consell de Cent, 425. 08009 Barcelona
Primera edición: septiembre 1990
ISBN: 84-233-1908-3
Depósito legal: B. 33.665-1990
Impreso por Limpergraf, S.A.
Carrer del Riu, 17. Ripollet del Vallès (Barcelona)
Impreso en España - Printed in Spain

Índice

PRESENTACIÓN
por Antoni Marí

Leer a Henry James produce una rara y profunda fascinación. Y digo fascinación con todas las consecuencias que pueda suponer el uso de este término; puesto que, tal vez, uno de los carácteres dominantes de toda fascinación sea la suspensión del juicio; un estado de expectación sobre lo que acontece, en el cual no se afirma ni niega nada y donde difícilmente se da la reflexión crítica, porque, cuando ésta se da, parece no ser una reflexión consciente, sino una secuencia del pensar que llevada por un torrente de ideas, recuerdos, analogías y comparaciones, avanza impelida por los acontecimientos, sin dar lugar posible a la reflexión sobre lo que está aconteciendo.

Esto ocurre con la lectura de James, puesto que supone, si son propicias las condiciones para la lectura y se goza de la disposición idónea para ello, participar de unos acontecimientos descritos con una voz de tan rara capacidad persuasiva que parece sustraernos a nuestra facultad de juicio, ya que es una voz que avanza, implacable y sinuosa, por aquellos caminos de la mente que raramente se transitan, y que conducen a aquellos parajes donde la conciencia desciende al origen de sí misma y revela sus mecanismos, así como su incompetencia y sus limitaciones.

La capacidad persuasiva de Henry James es de tal naturaleza que, desde las primeras páginas somete al lector a una sutil, y al principio casi imperceptible, violencia de su entendimiento; sumergiéndole en una construcción de la realidad que es resultado de la combinación y la síntesis de las experiencias y de las reflexiones de sus protagonistas y donde los acontecimientos parecen suceder en la mente del lector, azuzado por los pensamientos y las elucubraciones que la elocuencia de la acción narrativa despiertan en él y que, sin embargo, se resisten a ser reducidos a la determinación de los conceptos. La realidad de las cosas y de los hechos aparece desmenuzada por la inflexión a la que la someten las elucubraciones y reflexiones de los mismos personajes que la pueblan.

Casi no se puede pensar leyendo a James, y si queremos hacerlo, debemos dejar la lectura, reconstruir la acción de lo leído y atender a las reflexiones que esta misma acción despiertan en el autor y en sus personajes. En sus novelas, James piensa por nosotros; no da lugar a nuestra propia reflexión, a que hagamos nuestra síntesis de lo que acontece, puesto que en su narración describe y analiza las razones, las posibilidades de elección, las consecuencias de la decisión de sus personajes y los efectos que estas decisiones ejercen en sus conciencias; y con la persuasión de un mago, nos compromete moralmente en una situación paradójica donde todo parece que sea posible y donde todo, finalmente, lo es.

Henry James describe pormenorizadamente una situación humana socialmente convencional y local —a pesar de su pretendido cosmopolitismo—; una situación que implica moralmente a todos los personajes y cuya descripción no omite ninguna de las consideraciones que esta situación despierta en ellos y tampoco ninguna de las que despierta en el propio autor; y nosotros, los lectores, asistimos perplejos y fascinados al devenir y al desenlace de una acción que pasa, casi exclusivamente en las mentes de todos los participantes: de los personajes, del autor y de los lectores.

Posiblemente sea ésta una de las razones por las que la

obra de James ejerce esa profunda fascinación y esa poderosa e ineludible persuasión; porque la voz del narrador penetra en lo más recóndito de la mente de sus protagonistas y nos da a conocer sus ideas, sus propósitos, sus dudas y sus certezas, y sobre todo sus temores, su perplejidad y sus limitaciones. Y entra y sale de ellos y los ve ver, y pensar y sentir; como también nos ve a nosotros, y nos ve pensar y nos exhorta con frecuencia a no tomar por reales las apariencias. Y penetra, también, en el corazón opaco de las cosas y los objetos con que los personajes se arropan, se esconden o se identifican.

Y la narración avanza al ritmo de los sinuosos vericuetos que traza la imaginación de los protagonistas y que el entendimiento del autor quiere hacer inteligible; y avanza, la narración, morosa y lentamente, pero con una intensidad que crece a medida que la situación narrativa se vuelve más compleja por las reflexiones, los soliloquios y los diálogos que establecen sus protagonistas; los cuales, a pesar de poseer una moralidad estricta y de mantener, según los preceptos más severos de la urbanidad, una actitud juiciosa y tolerante, callan, tergiversan y esconden los verdaderos motivos que crearon la situación en la cual se encuentran todos comprometidos.

Henry James dice: «El poder de adivinar lo oculto por lo visible, de reconstruir las implicaciones de las cosas, de juzgar el todo por la parte, la condición de sentir la vida de un modo tan completo que se está en camino de conocer cualquier rincón particular de ella —este conjunto de dones puede decirse que constituye la experiencia.» Esta concepción de la experiencia, que duda de la manifestación sensible de las cosas, que desconfía de la realidad que se ofrece a los sentidos y que postula que el mundo no es más que apariencia; esta concepción de la experiencia, se muestra y se actualiza en toda su obra. James considera que la realidad de las apariencias encubre la verdadera realidad de las cosas, y su propósito es desvelar esta verdad que se esconde detrás de los gestos, los convencionalismos sociales, los hábitos de la civilización y las omisiones de la memoria.

Para desvelar esta verdad y para que emerja de entre tanto olvido y tanto subterfugio, James, someterá a los personajes de sus novelas a un trance decisivo y difícil que les enfrentará a sí mismos; a aquello de sí mismos que siempre eludieron, que alejaron de su existencia y de su memoria, tal vez porque carecían de la necesaria integridad moral para enfrentarse a ello o para convivir con él. Por eso nada escapa a esa visión demiúrgica que parece conocer todos los pliegues del alma humana y los oscuros motivos con que suele encubrirse la memoria y la imaginación de los hombres.

La obra de Henry James está animada por esta voz persuasiva que se introduce sutilmente en el extraño secreto que cada uno de los personajes cubre con su existencia o su ignorancia. Porque muchos, casi todos los personajes de James, esconden un secreto o una certeza que ellos mismos desconocen y que ambos se revelarán, el secreto y la certeza, en el devenir de la narración. Los sostenidos soliloquios que los personajes mantienen consigo mismos y los diálogos que establecen con todos los demás, parecen tener como objetivo la revelación de esta verdad íntima e incompartible que se esconde detrás del amor, de la suspicacia, del olvido o del reproche.

Muchas de las obra de James podrían ser consideradas bajo esta idea general que parece sostenerlas desde las primeras páginas: Lo que Maisie sabía, Los europeos, La princesa Casamassima, La copa de oro, Los embajadores, Las alas de la paloma... *y, por supuesto, los tres cuentos que integran este volumen. Todas estas obras son narraciones en que los personajes protagonistas ven emerger frente a sí mismos aquello de sí mismos más recóndito y oculto que mantenían expectante en su conciencia y que ni tan sólo podían considerar, y que, sin embargo, ahora, en la comprometida situación moral a que el autor les somete, pueden percibir y comprender en toda la dimensión de su misterio.*

Para los protagonistas, esta revelación del misterio, esta asunción de la realidad que se entretenía entre las apariencias, esta constatación de la certeza olvidada o no atendida, supone una trágica confirmación, una dolorosa aproximación a la verdad, que producirá un quiebro profundo en sus vidas, una fisura en sus conciencias, una ruptura de los hábitos que han ido configurando sus existencias. Todo lo que parecía afirmarles en su identidad y que les hacía comportarse como lo estuvieron haciendo, todo aquello que les halagaba de sí mismos y con lo que tan íntimamente se reconocían, se resquebraja y se hunde frente a la nueva evidencia de la que no pueden substraerse y a la que necesariamente se deberán someter. Y todos se someten, se someten estoicamente a la evidencia de los hechos que no les permiten el disimulo y de los cuales no pueden huir. El sometimiento al que se ven obligados los personajes de los cuentos y las novelas de James se manifiesta en la renuncia; en la renuncia a la felicidad o en la renuncia al reconocimiento o la recompensa, en el suicidio o en la muerte.

¿Pero cuál fue su negligencia? ¿Cuál su olvido? ¿Qué error cometieron en el pasado para que su conciencia se vea asediada por una inquietud moral y por un remordimiento que exige su purgación hasta sus últimas consecuencias? Podríamos afirmar que la razón de la alteración del ánimo y del remordimiento que azuza la escrupulosa conciencia de los protagonistas, es el sentimiento de haber negligido, de no haber atendido, con la exigencia necesaria, una obligación contraída en el pasado. Siempre hay un pasado, olvidado entre los hábitos de la existencia y la costumbre de vivir, que de repente salta, se abre a la conciencia como una procesión de penitentes que llega para exigir la aten-

ción que se les debe y a vengar la negligencia a la que se les sometió.

El núcleo de muchas obra de James se organiza alrededor de esta asunción del pasado, de esta presencia olvidada que el azar ha llevado a la conciencia y que exige su redención. El arte narrativo de James consistirá en poner a prueba la fidelidad a este pasado y las dificultades que surgen para que el protagonista lo asuma con todas las consecuencias que le acarreará. En contadas ocasiones acontecerá el final feliz, la equiescencia absoluta, entre lo que sobreviene y los recursos con que cuenta el protagonista para enfrentarse a ello.

Por regla general, y sobre todo después de las obras primerizas de James, se produce un lento y paulatino resquebrajamiento de la posición inicial del protagonista que, perplejo, asistirá al trágico enfrentamiento entre su verdadera conciencia y la auténtica naturaleza de las cosas.

Todos los protagonistas de las narraciones de James están revestidos de un aura de inteligencia, cultura, civilización y saber hacer. Parecen dueños de su destino y conscientes del elevado nivel moral que han sabido alcanzar gracias a su educación y su integridad. Son seres casi felices que gozan de una posición holgada, de una situación propicia, de una refinada sensibilidad y de una inteligencia despierta a todo lo que pueda proporcionarles bienestar intelectual y moral. Son seres reflexivos y racionalistas, acostumbrados al soliloquio y al diálogo, ecuánimes y liberales, que se afanan por el saber de sí mismos o que parecen saberlo todo de sí mismos. Los personajes de James todo lo tienen a su favor: la posición, la instrucción, la inteligencia, la sensibilidad...; sin embargo, de pronto, un encuentro fortuito, un retrato borroso, la pérdida de una persona querida, una palabra de más o un bibelot cualquiera, hacen emerger a la conciencia aquel abandono de otro tiempo, aquella negligencia que parecía olvidada y enterrada para siempre; aquel olvido que viene a pedir cuentas y que va adueñándose, casi imperceptiblemente, no sólo de la conciencia del sujeto, sino de la extensión de toda su personalidad.

Y aquella inteligencia, aquella sensibilidad, aquel altruismo, que daban exacta medida de los valores morales de quien los sustentaba, de nada sirven para auxiliarle en el trance que le arremete. No acuden en su ayuda, ni le asisten, sino todo lo contrario; cuanto más sensible e inteligente sea el deudor más dolorosa será su culpa, más inconfesable su crimen, mas acerba su redención.

Ya nada puede hacerse, sin embargo. La traición a sí mismo no puede perdonarse nunca, ni aplazarse, ni olvidarse y el remordimiento por lo que se hizo, pero sobre todo el remordimiento por lo que se dejó de hacer, es superior a los recursos que ofrece la cultura y la civilización para paliar el daño cometido o aquella incapacidad de decidir cuándo había que hacerlo.

La tragedia está servida y propicia la víctima, que, hurgando en su pasado y en su conciencia maltrecha, llegará al corazón de su falta y a la razón de su perturbación y de su mudanza. Pero como ya dijimos, la suerte está echada y sólo hay camino para la renuncia o para la muerte. Ni la civilización nos preserva de las arbitrariedades del yo ni de los desmanes del prójimo. Y a pesar de que la cultura y la educación pueden mitigar el dolor, pueden hacer más llevadera la existencia, no pueden rehacer a la naturaleza de los hombres. La paradoja, sin embargo, reside en que es la misma civilización, son los escrúpulos morales de una distinguida instrucción, los que hacen emerger este pasado cargado de penas negras que no encuentra lugar para su expiación.

Parece como si una nostalgia ontológica por lo que se fue o por lo que se hubiera podido ser, invada la conciencia, la memoria y la acción de los personajes de James que, envueltos por ecos y presencias secretas del pasado, asisten a su actualización sin posibilidad ninguna de contenerles o acallarles. Pero Henry James sabe que estos ecos, estas presencias secretas, son construcción y producto de la imaginación de sus personajes, son sensaciones pasajeras evocadas por «la magia de las asociaciones» que el azar cargó de sentido, de un sentido confuso y turbio, que es necesario dilucidar puesto que han venido a romper la paz y el sosiego que costó tanto de obtener; estas presencias del pasado son proyecciones del «yo» a la búsqueda de una identidad que nunca se poseyó y que aparecen cargadas de reminiscencia y de remordimiento puesto que dan medida del vacío y del error sobre el cual se construyó la existencia, la memoria y la identidad.

El pasado es una construcción de la imaginación, es una idealización de la existencia y una proyección de sí mismo. El pasado es una búsqueda de la propia identidad proyectándose hacia atrás, y que en lugar de halagar la identidad que el propio yo ha adquirido con la experiencia y la cultura (como ocurre en Proust), muestra con cruda evidencia, que esta identidad, tan sabiamente cultivada en Henry James, es producto del engaño, del error, del subterfugio o de la incapacidad de ordenar correctamente los datos de la experiencia.

Las tres narraciones que contiene este libro son tres piezas maestras de la narrativa de Henry James. En ellas, este mundo de presencias veladas y de tangibles ausencias, de remordimientos por lo que se dejó de hacer y de la nostalgia por lo que se pudo haber sido, se manifiesta en toda su potencia determinante y persuasiva.

John Marcher, Spencer Brydon y Herbert Dodd, son tres figuras arquetípicas del mundo novelístico de James y de esta selva humana que puebla la civilización más decadente y culta del hemisferio occidental. Marcher, Spencer y Dodd son tres figras de una misma pasión sin cumplimiento que, fascinados, a la espera de la realización de su pa-

sión, son incapaces de reconocerla cuando ésta se manifiesta y se ofrece y que, errados, prodigan su existencia en la construcción ideal de lo que fueron o de lo que hubieran podido ser si, generosos, se hubieran ofrecido a lo que estaba irremediablemente dispuesto para ellos. Pero el temor, el egoísmo y los pasivos hábitos de la existencia les impidieron llegar a ser lo que la naturaleza había establecido que fueran.

EL RINCÓN DE LA DICHA

I

—Todos me preguntan mi *opinión* sobre todo —dijo Spencer Brydon—, y respondo como puedo, dando por sentada la pregunta o eludiéndola, quitándomelos de encima con cualquier tontería. En realidad, a nadie debería importarle —continuó—, porque, incluso aunque fuera posible responder de modo tan expeditivo a una demanda tan tonta sobre tema tan importante, mis *opiniones* seguirían siendo casi en su totalidad algo que sólo me concierne a mí.

Estaba hablando con Miss Staverton, con la que, desde hacía un par de meses, no perdía ocasión de charlar siempre que se presentaba la oportunidad de hacerlo; esta inclinación, el refugio, el bienestar, y el apoyo que la situación le brindaba, habían ocupado bastante pronto el primer lugar entre las sorpresas, como él las llamaría, que habían acompañado su extrañamente demorado retorno a América. Todo su entorno era de algún modo una sorpresa, lo que podía considerarse natural cuando, durante tanto tiempo y de forma tan consistente, había descuidado todo y se había afanado en dejar a las sorpresas un amplio margen de preparación. Les había dejado más de treinta años, treinta y tres para ser exactos; y ahora le parecía que ellas habían preparado su actuación en proporción a tan dilatado permiso. Tenía veintitrés años cuando se fue de Nueva York; ahora tenía cincuenta y seis: a no ser que lo calculara como algunas veces, desde su repatriación, se había encontrado calculando, en cuyo caso habría vivido más tiempo del que habitualmente se asigna al ser humano. Habría hecho falta un siglo, se repetía a sí mismo, y también se lo decía a Alice Staverton, habría hecho falta una ausencia más prolongada y una mente más previsora de las que él poseía, para asimilar las diferencias, las novedades, la extrañeza y sobre todo la grandeza, que para bien o para mal asaltaban ahora su visión dondequiera que mirase.

Sin embargo, durante todo aquel tiempo, el hecho más relevante había sido constatar lo imposible de todo cálculo; de década en década se había imaginado a sí mismo estar previendo, del modo más generoso e inteligente, cambios espléndidos. Ahora se daba cuenta que no había previsto nada; echaba de menos lo que había estado seguro de encontrar, y encontró lo que jamás habría imaginado. Las proporciones y valores estaban invertidos; las cosas terribles que había esperado encontrar, las cosas terribles de su lejana juventud, cuando, demasiado pronto, había despertado a la sensación de lo terrible, estos fenómenos misteriosos ejercían una gran fascinación sobre él; por el contrario, lo lujoso, lo moderno, lo enorme, las cosas célebres, lo que había venido a ver, como tantos miles de curiosos ingenuos cada año, era precisamente su fuente de desaliento. Eran como trampas que llevaban al descontento y sobre todo a la reacción, y cuyos resortes saltaban constantemente bajo la presión del incansable caminar de Spencer. Indudablemente todo aquel espectáculo era interesante, pero hubiera sido demasiado desconcertante si cierta verdad más sutil no hubiera salvado la situación. Bajo esta luz más firme, era evidente que Spencer Brydon no había vuelto a su país a ver curiosidades; había venido, tanto si se analizaba superficialmente como a la vista del hecho en sí, siguiendo un impulso con el que las curiosidades nada tenían que ver. Había venido (en palabras un poco rimbombantes) para echar un vistazo a sus *propiedades* de las que había estado separado cuatro mil millas durante un tercio de siglo; o, para expresarlo de modo menos sórdido, había cedido a la tentación de ver de nuevo su casa en el rincón de la dicha, como solía describirla con cariño: la casa donde vio la luz por vez primera, donde varios miembros de su familia vivieron y murieron, donde transcurrieron las vacaciones de su infancia excesivamente escolarizada y donde había recogido las pocas flores de amistad de su helada adolescencia; ahora, tras la muerte de sus dos hermanos y como resultado de antiguos acuerdos, aquel lugar del que había estado apartado tanto tiempo, venía a parar completamente a sus manos. Además era dueño de otra propiedad, no tan *buena* como la anterior, pues el rincón de la dicha había ido ampliándose desde hacía tiempo y había sido objeto de los mayores cuidados. El valor de aquellos inmuebles constituían el fundamento de su capital y sus ingresos de los últimos años provenían de sus rentas respectivas, las cuales (gracias precisamente a que en un principio eran excelentes) no habían sido nunca humillantemente bajas. Podía vivir en *Europa,* tal como venía haciéndolo, con el producto de estos florecientes alquileres neoyorquinos; y aun sería mejor puesto que, habiéndose acabado los doce meses de arrendamiento de la segunda edificación —un simple número en una larga calle—, la posibilidad de renovarlo y lograr grandes beneficios resultó gratamente factible.

Desde luego las dos eran propiedades suyas, pero, desde su llegada, notaba que cada vez marcaba más la diferencia entre ellas. La casa que era un simple número de una calle, una construcción tosca de dos cuerpos orientada al oeste, estaba ya en vías de convertirse en un alto bloque de pisos; hacía tiempo que él había aceptado ofertas para esta transformación, y ahora que las obras estaban en marcha descubría, con no poca sorpresa, su capacidad para actuar sobre el terreno, a pesar de su falta de experiencia en tales asuntos, y a participar con cierta inteligencia, casi con una cierta competencia. Había vivido de espaldas a ese tipo de intereses y su atención se había dirigido a otros de índole tan diferente que apenas sabía qué hacer con la penetrante impresión, que anidaba en un compartimento inexplorado de su mente: la capacidad para los negocios y las buenas ideas en el terreno de la construcción. Estas virtudes, tan comunes ahora en el ámbito en que se movía, habían estado aletargadas en su propio organismo donde —tal vez podría decirse— habían dormido el sueño de los justos. Ahora, en aquel espléndido otoño —el otoño por lo menos era una pura bendición en aquel lugar horrible— deambulaba secretamente agitado por *su obra,* sin sentirse intimidado, secretamente agitado; sin importarle lo más mínimo que todo aquel asunto fuera —como se decía— vulgar y sórdido, y se encontraba dispuesto a trepar escaleras, caminar entre tablones, manejar materiales y dar la impresión de que sabía lo que se traía entre manos; en resumen, a preguntar, exigir explicaciones y meterse realmente en números.

Le divertía y estaba realmente encantado; y por los mismos motivos, aquello divertía también a Alice Staverton, aunque quizás estaba perceptiblemente menos encantada. Sin embargo, a ella aquello no le iba a reportar beneficios como los muy sustanciosos que él recibiría. Brydon sabía que probablemente no había ya nada que pudiera mejorar la situación actual de Alice quien, en el otoño de su vida, perduraba como propietaria y ocupante delicadamente austera de la casita de Irving Place en la que había logrado mantenerse sutilmente a lo largo de su casi ininterrumpida vida en Nueva York. Si ahora Brydon conocía el camino a aquella casita mejor que ninguna otra dirección entre la horrorosa multiplicación de números que parecía reducir la ciudad a una enorme hoja de un libro de contabilidad, exuberante y fantástica con líneas pautadas y entrecruzadas llenas de números; si había adquirido el hábito de visitarla en busca de consuelo, se debía en gran parte al encanto de haber encontrado y reconocido en el inmenso yermo de aquella masa, abriéndose paso entre la simple y burda generalización de la riqueza, la fuerza y el éxito, un pequeño y tranquilo escenario donde los objetos, sombras y todas las cosas delicadas conservaban la nitidez que hay en las notas de una voz aguda perfectamente educada, y en el que la austeridad envolvía todo como los aromas de un jardín. Su vieja amiga vivía con una sirvienta y ella misma quitaba el polvo a sus reliquias, despabilaba las bujías de las lámparas y abrillantaba la plata; siempre que podía se mantenía alejada del espantoso agobio de la vida moderna, pero salía con ímpetu y batallaba duro cuando se trataba de cosas del *espíritu,* el espíritu que, después de todo, ella confesaba orgullosa y un poco tímidamente, era propio de mejores tiempos, aquellos de su juventud, regidos por un remoto y antediluviano orden social. Cuando lo necesitaba, utilizaba los tranvías, aquellos artefactos espantosos por los que la gente andaba a la greña como los náufragos en el mar se pelean por los botes; afrontaba con esfuerzo y aire inescrutable todas las conmociones y experiencias públicas penosas; y sin embargo, mantenía aquella desconcertante y esbelta gracia en su aspecto que te empujaba a pensar si sería una hermosa joven a quien los problemas habían envejecido prematuramente o una delicada y serena mujer mayor rejuvenecida a base de practicar una triunfal indiferencia; Spencer la encontraba exquisita –sobre todo por sus preciosas alusiones a recuerdos e historias de las que él formaba parte– como una pálida flor prensada (una curiosidad para empezar), y, a falta de otras dulzuras, era suficiente recompensa a su esfuerzo. Poseían un conocimiento común (al que Alice se refería como *nuestro,* discriminatorio adjetivo que siempre tenía en los labios); un conocimiento de presencias de una etapa anterior, presencias sofocadas, en el caso de Spencer, por la experiencia de un hombre y la libertad de un nómada; sofocadas por el placer, la infidelidad y por pasajes de su vida que a ella le resultaban extraños y oscuros, y que resumía en la palabra *Europa.* Pero cuando aquellas presencias recibían la visita de aquel espíritu, del que Miss Staverton jamás se había apartado, seguían siendo diáfanas, arriesgadas y queridas. Un día Alice le acompañó a ver cómo iba ganando altura su bloque de apartamentos; él le ayudaba a sortear zanjas y le explicaba en qué consistían sus planes. Mientras estaban allí, tuvo lugar, ante ella, una breve pero enérgica discusión entre Spencer y el encargado de la obra, el representante de la empresa constructora a la que se había encargado el trabajo. Brydon tenía la sensación de haberse enfrentado resueltamente a este personaje a propósito de la omisión, por parte de este último, de algún detalle que constaba en las condiciones pactadas por escrito, y lo había defendido con tanta brillantez que ella, además de ruborizarse considerablemente en aquel momento, por solidaridad con su triunfo, le había dicho después (aunque con un ligero tono de ironía) que realmente había desperdiciado durante muchos años un auténtico don. Si se hubiera quedado en su país, se habría anticipado al inventor del rascacielos. Si no se hubiera ido, habría descubierto su genio urbanístico a tiempo y realmente habría podido amasar una fortuna. Spencer recordaría estas palabras en el transcurso de las semanas siguientes, por el eco argentino que perduraba en ellas y a través del cual sentía que se habían fundido gradualmente con las más extrañas y profundas de sus propias vibraciones, últimamente enmascaradas y amortiguadas por completo.

El fenómeno empezó a manifestarse transcurridas las dos primeras semanas; aquella particular e injustificable extrañeza había estallado con la más curiosa brusquedad; le salía al paso (y ésta era la imagen que contaba para él a la hora de enjuiciar todo aquel asunto, o por lo menos la que le hacía temblar y enrojecer) como hubiera podido salirle al paso, al doblar un oscuro recodo en una casa vacía, una figura extraña, un inesperado ocupante. Aquella peculiar analogía le rondaba obsesivamente, haciéndose a veces más intensa y adoptando una forma más viva: como si al abrir una puerta, tras la que estaba seguro de no encontrar nada, la puerta de una habitación vacía y con los postigos cerrados, aún así, avanzara, con un sobresalto sofocado, hacia una presencia completamente rígida, algo plantado en medio del lugar y que le hacía frente en la oscuridad. Después de aquella visita a la casa en construcción, fue caminando con su amiga a ver la otra, obviamente la mejor y que, en dirección este, formaba una de las esquinas de aquella calle, tan degradada y desfigurada en los tramos orientados al oeste, y la Avenida que resultaba, comparativamente, tradicional. La Avenida tenía todavía, como decía Miss Staverton, pretensiones de decencia; la mayoría de las personas mayores ya no estaban, los apellidos con solera se desconocían y por doquier surgían viejas evocaciones que deambulaban vagamente como un anciano caminando en la noche, con quien uno se encuentra y experimenta el impulso de vigilarle o seguirle, para tener la seguridad de que regresará sano y salvo a casa.

Nuestros amigos entraron juntos; Spencer abrió con su llave, puesto que, según explicó, no había nadie allí; tenía motivos para preferir que el lugar se mantuviera desocupado; había logrado llegar a un arreglo con una buena mujer de la vecindad para que viniera una hora al día a orear la casa, quitar el polvo y barrer. Spencer Brydon tenía sus motivos para actuar así y era, progresivamente, más consciente de ellos; le parecían más sólidos cada vez que iba allí, aunque aún no se los hubiera enumerado todos a su amiga, del mismo modo que no le contaba lo frecuente, lo absurdamente frecuente, de sus visitas a la casa. De momento, lo único que le dejaba observar, mientras recorrían las enormes habitaciones desnudas, era la absoluta vacuidad reinante y cómo, la escoba de Mrs. Muldoody, que descansaba en el rincón, era lo único en toda la casa que podía tentar a los ladrones. Mrs. Muldoody se encontraba en la casa en aquellos momentos, y atendía locuazmente a los visitantes, precediéndoles de una a otra habitación, abriendo los postigos y levantando rápidamente los bastidores, todo ello para demostrarles, según dijo, lo poco que había que ver. Desde luego, había muy poco que ver en aquel caserón desolado cuyas características generales y la distribución espacial —el estilo propio de una época más indulgente con el tamaño— transmitían, no obstante, a su dueño una súplica honesta que le conmovía, como si la hiciera un buen sirviente anciano, como una petición de buenos informes o incluso de jubilación por parte de un sirviente de toda la vida; sin embargo, también influyó un comentario de Mrs. Muldoody, según el cual, aunque se sentía muy agradecida a Mr. Brydon por encomendarle aquella tarea del mediodía, tenía la esperanza de que nunca le hiciese cierta petición. Si, por cualquier motivo, él deseaba que ella viniese después de anochecer, se vería obligada a decirle que, por favor, se lo pidiese a otra. El hecho de que no hubiera nada que ver, no significaba para aquella digna mujer que no se pudieran ver ciertas cosas y, con toda naturalidad, le dijo a Miss Staverton que no podía esperarse que a ninguna dama le gustara «gatear a los pisos altos en las horas malignas». La luz eléctrica y la de gas estaban fuera de la casa, lo que dio pie a Mrs. Muldoody para evocar una horripilante visión de ella misma atravesando las enormes habitaciones oscuras —¡y con tantas como había!— a la luz temblorosa de una velita. Miss Staverton respondió con una sonrisa a la honesta mirada de aquella mujer y admitió que, por supuesto, ella también rechazaría una aventura semejante. Mientras tanto, Spencer Brydon se mantenía en silencio, de momento; el asunto de las horas «malignas» en su vieja casa se había convertido ya para él en algo muy serio. Hacía unos días que él había empezado a *gatear,* y sabía por qué y con qué fin, tres semanas antes, había depositado personalmente un paquete de velas en el fondo de un cajón del hermoso aparador antiguo que, como un elemento permanente del mobiliario, estaba encajado en una profunda oquedad del comedor. Por ahora, se reía de lo que hablaban sus acompañantes; sin embargo, cambió inmediatamente de tema. En primer lugar porque su propia risa le impresionaba, incluso en aquel instante, como si despertara el curioso eco, la consciente resonancia humana (no sabía muy bien cómo definirlo) que los sonidos tenían cuando se encontraba allí solo, un eco que no sabía si llegaba a sus oídos o a su imaginación; y en segundo lugar, porque temía que Alice Staverton, con su gran intuición, estuviera a punto de preguntarle, en aquel preciso instante, si alguna vez él había merodeado por allí. No estaba preparado para responder a ciertas intuiciones y, de todos modos, para cuando Mrs. Muldoody se marchó, él ya había alejado el peligro de aquella pregunta, trasladándose a otras habitaciones de la casa.

Afortunadamente había, en aquel sagrado lugar, suficientes cosas que podían decirse libre y claramente; por eso su amiga, tras echar una mirada anhelante a su alrededor, irrumpió con un torrente de frases:

—¡Espero que no me dirá usted que quieren echar abajo esta casa!

Su respuesta, con un tono de renovada cólera, no se hizo esperar: aquello era precisamente lo que querían y el motivo por el que le acosaban diariamente, con la insistencia de la gente incapaz de comprender en toda su vida que una persona pueda tener un sentimiento decente. Brydon encontraba aquel lugar, tal como estaba y más allá de lo que podía expresar, una fuente de interés y de alegría. Había otros valores distintos de los abominables valores monetarios y en resumidas cuentas... pero Miss Staverton le interrumpió en este preciso momento.

—En resumidas cuentas, usted va a obtener tan sustanciosos beneficios con su rascacielos que, pudiendo vivir lujosamente con esas ganancias *sucias,* puede permitirse, de momento, ser sentimental con esta casa.

Su sonrisa y aquellas palabras estaban teñidas de la

suave ironía que envolvía casi toda su charla; una ironía sin acritud que, precisamente, provenía de su riqueza imaginativa; no era el fácil sarcasmo que la mayoría de gente practica alrededor de la *buena sociedad* pretendiendo labrarse una reputación de inteligencia, cuando todos están desprovistos de ella. Tras una breve vacilación, él había contestado:

—Bien, sí, puede expresarlo así, si lo desea.

En aquel momento le resultaba agradable tener la seguridad de que la imaginación de Alice sabría hacerle justicia. Le aclaró que, aunque jamás recibiera un dólar de la otra casa, seguiría apreciando ésta del mismo modo; mientras vagaban y se demoraban por las distintas salas, Brydon insistió en el hecho del estupor que estaba provocando y en el absoluto desconcierto que él mismo creaba a su alrededor. Habló del valor que veía en todo aquello, en la mera visión de las paredes, en la mera forma de las habitaciones, en el simple crujir de los suelos, en el simple tacto de su mano sobre los tiradores chapados en plata de las múltiples puertas de caoba, que sugerían la presión ejercida por las palmas de los muertos; los setenta años del pasado, en resumen, que aquellas cosas representaban, los anales de casi tres generaciones, contando la de su abuelo, la generación que había encontrado su fin entre aquellas paredes y las cenizas intangibles de su lejana juventud extinguida, flotando en el mismísimo aire como partículas microscópicas. Alice escuchaba todo; era una mujer que contestaba pero no parloteaba. No desparramaba nubes de palabras a su alrededor; sabía asentir, estar de acuerdo y, por encima de todo, sabía dar ánimos, sin hacerlo explícitamente. Únicamente, al final, se aventuró un poco más de lo que él lo había hecho.

—Y además, ¿cómo puede saberlo? Es posible que, después de todo, aún desee vivir aquí.

Aquellas palabras le contuvieron, porque no era aquello lo que había estado pensando, por lo menos no con aquella intención.

—¿Se refiere usted a que podría decidir quedarme aquí por esta casa?

—¡Bueno, no es una casa cualquiera...! —había precisado con mucho tacto y elegancia, lo que era precisamente un ejemplo de cómo no le gustaba hablar en vano. ¿Cómo podía nadie, con dos dedos de frente, insistir en que alguien deseara vivir en Nueva York?

—¡Oh! —dijo él—, podría haber vivido aquí (puesto que pude escoger en mi juventud); podría haber pasado aquí todos estos años. Entonces, todo habría sido muy diferente, me atrevería a decir que bastante «curioso». Pero eso es otro asunto. Y además, lo hermoso de esto —quiero decir de mi perversidad, de mi negativa a llegar a un «acuerdo» sobre esta casa— está precisamente en la total ausencia de razones. ¿No ve usted que si tuviera una razón para ello tendría que actuar de otro modo, y sería, inevitablemente, una razón monetaria? Dejemos pues que sea una sinrazón, que no exista ni el espectro de una.

Se encontraban de vuelta, en el recibidor, dispuestos a salir, pero desde su posición divisaban, a través de la puerta abierta, una panorámica del gran salón principal: una estancia cuadrada con ventanas ampliamente separadas entre sí, una peculiaridad arquitectónica que le confería un aire de cierta ambigüedad. Alice dejó de contemplar la estancia y miró a su compañero.

—¿Está usted completamente seguro de que «el espectro de algo» no sería una razón de peso?

Brydon tuvo la certera sensación de que empalidecía. Pero aquello sólo era una aproximación a lo que habían de vivir. Brydon respondió con una expresión a medio camino entre lo que él consideraba una mirada feroz y la mueca de una sonrisa:

–¡Oh, sí, espectros... desde luego, este lugar debe estar rebosante de espectros! Me avergonzaría si no lo estuviera. La pobre Mrs. Muldoody tiene razón; por eso, sólo le pedí que echara un vistazo a la casa.

La mirada a Miss Staverton volvió a ser ausente y era obvio que las cosas que no expresaba daban vueltas en su mente. Durante un momento, en aquella hermosa estancia, es posible que tuviera la impresión de que algún elemento se materializaba vagamente, y que simplificado, como la máscara mortuoria de un rostro hermoso, tal vez le produjo, en aquel instante, un efecto similar a la conmoción que causa la expresión grabada en la fraguada escayola conmemorativa. Sin embargo, cualquiera que hubiera sido la sensación que había experimentado, Alice eligió responder con la vaguedad de un tópico.

–Bueno, si por lo menos estuviese amueblada y habitada...

Parecía dar a entender que en el caso de que aún estuviera amueblada, tal vez no se sintiera tan reacio a la idea de un posible regreso. Pero fue derecha al vestíbulo, como si quisiera dejar atrás sus palabras y, un momento después, él ya había abierto la puerta de entrada y estaba junto a ella en la escalera. Cerró la puerta y, mientras volvía a meterse la llave en el bolsillo, mirando arriba y abajo, percibieron la comparativamente cruda realidad de la Avenida, lo que a Brydon le recordó la agresión que supone la luz del desierto para el viajero que emerge de una tumba egipcia. Pero antes de pisar la calle, aventuró la respuesta que había preparado a las palabras de Alice.

–Para mí, está habitada. Para mí, está amueblada.

A lo cual ella contestó sin demasiado esfuerzo suspirando discreta y vagamente.

—¡Oh, sí...!

Los padres de Brydon y su hermana favorita, por no hablar de otros muchos familiares, habían vivido y terminado aquí sus días. Eso significaba que aquellas paredes estaban llenas de vida indeleble. Pocos días después, en el transcurso de un rato que volvió a pasar con ella, le comentó lo harto que estaba de la curiosidad excesivamente aduladora de la gente que conocía, sobre la opinión que le merecía Nueva York. No había conseguido formular ninguna que se pudiera exhibir en público y, respecto a lo que *pensaba* (pensara bien o mal de lo que le rodeaba), su pensamiento estaba totalmente dedicado a un solo tema. Era simple y vano egoísmo; y además, si ella lo prefería, era una obsesión morbosa. Sentía cómo todo se reducía a una cuestión: qué habría sido de él como individuo, qué vida habría llevado y cuál habría sido el resultado final si no hubiera renunciado a vivir allí como lo hizo desde un principio. Y, reconociendo por primera vez la intensidad de aquella absurda especulación —que, sin duda, no era sino otra prueba del hábito egoísta de pensar en sí mismo—, afirmó su incapacidad de encontrar en Nueva York otra fuente de interés u otro atractivo.

—¿Qué habría hecho de mí esta ciudad? ¿Qué habría hecho conmigo?, sigo preguntándome una y otra vez, tontamente, como si pudiera saberlo. Me doy cuenta de lo que les ha hecho a otros muchos, esos con los que me encuentro, y me duele en lo más hondo, hasta la exasperación, pensar en lo que habría podido hacerme también a mí. Lo único que sucede es que no logro saber qué habría sido, y la preocupación y la rabia banal por esa curiosidad que jamás veré satisfecha me traen a la memoria lo que he sentido en un par o tres de ocasiones en que, teniendo mis motivos, he juzgado oportuno quemar una carta importante sin abrirla. Después lo he sentido; he odiado haberlo hecho... jamás he podido saber lo que la carta decía. ¡Desde luego, todo esto puede parecerle una trivialidad!

—No me parece ninguna trivialidad —interrumpió Miss Staverton muy seria.

Estaba sentada junto a su chimenea y, ante ella, inquieto, en pie, Brydon dividía su atención entre la intensidad con que vivía su idea y una vaga inspección intermitente, a través de su monóculo, de los pequeños objetos antiguos sobre la repisa de la chimenea. Cuando Alice le interrumpió, la miró con dureza.

—¡No debería importarme que se lo pareciera! —dijo, no obstante, riéndose—: de todos modos, lo que le he dicho es sólo una ilustración de cómo me siento ahora. Si no hubiera seguido aquel perverso derrotero juvenil —y, como quien dice, a punto casi de recibir la maldición de mi padre por ello—; si una vez emprendido aquel camino, no lo hubiera mantenido, desde el primer día hasta hoy, sin la más leve duda, sin un atisbo de arrepentimiento; si, por encima de todo, no me hubiera gustado, no me hubiera encantado del modo que lo hizo, si no me hubiera encantado, naturalmente, y no hubiera sido tan presuntuoso acerca de mis propias preferencias; si algo de esto hubiera variado, el efecto sobre mi vida y mi forma de ser habría sido muy otro. Debí haberme quedado aquí —de haber sido posible; pero, a los veintitrés años, yo era demasiado joven para juzgar, *pour deux sous,* si era posible o no. Si hubiera esperado, habría visto que lo era, y entonces, al quedarme aquí, habría llegado a ser como uno de esos tipos sagaces, esculpidos por la dureza de sus condiciones. Y no es que les admire tanto —el que posean algún encanto, o el que ellos encuentren alguno en sus condiciones de vida, más allá de su vulgar pasión por el dinero, nada tiene que ver con el asunto; pienso únicamente en la posibilidad perdida de ese hipotético, y, no obstante, perfectamente factible, desarrollo de mi propia naturaleza. Se me ocurre la idea de que, en algún lugar, muy dentro de mí, había un extraño *alter ego,* como la flor madura está contenida en el pequeño capullo apretado, y que precisamente, al tomar el camino que tomé, trasplanté mi otro yo a un clima que lo agostó de una vez por todas.

—¿Y usted se pregunta cómo hubiera sido la flor? —dijo Miss Staverton—. Si le digo la verdad, yo también me lo pregunto; me lo vengo preguntando hace semanas. Yo creo en la flor —continuó diciendo—. Tengo la sensación de que hubiera sido espléndida, enorme y monstruosa.

—¡Sobre todo monstruosa! —repitió su compañero—, y me imagino que, de paso, repugnante y nauseabunda.

—Eso no lo piensa usted —contestó ella—, si así fuera, no se lo preguntaría. Tendría la certeza, y con eso bastaría. Usted tiene la sensación —y yo también la tengo— de que habría sido un hombre con poder.

—¿Le hubiera gustado que yo fuera así? —preguntó.

Alice no vaciló ni un instante.

—¿Cómo hubiera podido no gustarme?

—Ya entiendo. Le habría gustado más; me habría preferido de haber sido multimillonario.

—¿Cómo hubiera podido no gustarme? —volvió a preguntarle.

Estaba de pie ante ella, inmóvil; la pregunta de Alice le había dejado paralizado, pero la entendió, así como lo que implicaba; y, por supuesto, el no enfrentarse a ella era un modo de corroborarlo.

—Por lo menos, sé lo que soy —continuó sencillamente—; la otra cara de la moneda es lo bastante clara. No he sido virtuoso; creo que en muchísimos aspectos he dejado mucho que desear. He seguido caminos extraños y adorado dioses extraños; ha debido usted oír en repetidas ocasiones —en realidad, usted misma me lo ha confesado— que, a lo largo de estos treinta años, he llevado una vida egoísta, frívola y escandalosa. Y ya ve en lo que me ha convertido esa vida.

Ella se limitó a esperar con una sonrisa en los labios.

—Ya ve usted en lo que me ha convertido a mí.

—Oh, no; usted es una persona a la que nada habría logrado cambiar. Ha nacido para ser lo que es, dondequiera y comoquiera que sea; usted posee el tipo de perfección que nada en el mundo habría logrado empañar. ¿Y no se da cuenta cómo, a no ser por mi exilio, yo no habría estado esperando hasta ahora...?

Pero una extraña punzada le hizo detenerse.

—En mi opinión, lo más importante a tener en cuenta es —dijo Alice inmediatamente— que esa vida no ha malogrado nada. No ha malogrado el hecho de que, por fin, usted haya vuelto. Esto no lo ha malogrado. No ha podido malograr lo que usted acaba de decir... —También a ella le temblaba la voz.

Él intentaba adivinar todos los posibles significados de la emoción controlada de Alice.

—¿Cree usted entonces que no hubiera podido ser mejor de lo que soy?

—¡Oh, no! ¡Ni muchísimo menos! —y, al decir esto, se levantó de la silla y se acercó a él—. Pero no me importa —sonrió.

—¿Quiere decir que soy lo bastante bueno?

Se quedó pensativa un instante.

—¿Me creerá si le digo que sí? Quiero decir, ¿zanjaría eso la cuestión para usted?

Y después, como adivinando en su rostro que retrocedía ante aquella pregunta, que tenía una idea que, por absurda que fuera, no podía malgastar, dijo:

—¡Oh!, tampoco a usted le importa... aunque de un modo distinto al mío: a usted no le importa nada excepto usted mismo.

Spencer Brydon reconoció que así era, de hecho él mismo lo había declarado sin dejar lugar a dudas. Sin embargo, hizo una puntualización fundamental.

—Ese otro «él» no soy yo. Él es otra persona completamente distinta. Pero yo deseo verle —añadió—. Puedo hacerlo. Y lo haré.

Sus miradas se encontraron un instante, durante el cual Brydon descubrió en los ojos de Alice el presentimiento de la extraña sensación que a él le embargaba. Pero ninguno de los dos lo expresó de otra manera, y la aparente comprensión de Alice, sin sobresaltos de indignación, ni burlas fáciles, le conmovieron como nada jamás lo había hecho hasta entonces, y, de inmediato, aquello se convirtió en algo semejante a una bocanada de aire fresco para su sofocada perversidad. Sin embargo, la respuesta de Alice le alcanzó por sorpresa.

—Bueno, yo le he visto.

—¿Usted?

—Sí, le he visto en sueños.

—¡Ah, en sueños...! —dijo, defraudado.

—Pero han sido dos veces seguidas —continuó diciendo—. Le vi tal como le veo a usted ahora.

—¿Ha tenido usted el mismo sueño...?

—Dos veces seguidas —repitió—. Exactamente el mismo.

Tuvo la impresión de que aquello encerraba algún significado al mismo tiempo que se sentía complacido.

—¿Sueña conmigo con tanta frecuencia?

—¡Con *él*! —sonrió Alice.

Brydon volvió a indagar con la mirada.

—Entonces, usted sabe todo sobre él. —Y como ella no respondía preguntó—: ¿Cómo es ese desgraciado?

Ella vaciló y, como si tuviera sus propias razones para resistir la fuerte presión que él ejercía sobre ella, volvió la cabeza.

—¡Se lo contaré en otro momento!

II

A partir de aquel día, Brydon se dio cuenta de la gran fuerza, el cuidado encanto y la absurda y secreta conmoción que había en el modo particular de rendirse a su obsesión y en dirigirse a lo que, cada vez más, consideraba un privilegio personal. Durante aquellas semanas vivió exclusivamente para aquello, ya que, en realidad, sentía que la vida no empezaba hasta que Mrs. Muldoody se retiraba de escena cuando, tras recorrer la espaciosa casa desde el ático a la bodega, seguro de estar solo, tenía la certeza de que estaba en territorio seguro y, como tácitamente daba a entender, se abandonaba a la situación. En ocasiones visitaba la casa dos veces en el mismo día; sus momentos favoritos eran las últimas horas del atardecer del corto crepúsculo otoñal; éstas eran las horas en que sus expectativas crecían. Le parecía que era entonces cuando podía deambular y aguardar con mayor recogimiento, demorarse y escuchar, sentir cómo su penetrante atención, que nunca en su vida lo había sido tanto, pulsaba aquel enorme e incierto lugar. Prefería la hora previa al encendido de las farolas y sólo deseaba que le fuera posible prorrogar, cada día, la honda magia crepuscular. Más tarde (rara vez mucho antes de medianoche, aunque después se prolongaba en una dilatada vigilia) observaba la luz parpadeante de la vela; la movía lentamente, la sostenía en alto, la extendía a lo lejos y, sobre todo, se recreaba cuanto podía ante los espacios abiertos, los tramos que comunicaban habitaciones y a lo largo de los pasillos, espacios largos y rectos, ocasión u oportunidad (tal como él hubiera dicho) para la revelación que pretendía conjurar. Era una práctica que podía llevar a cabo sin despertar comentarios; nadie sospechaba lo más mínimo; ni siquiera Alice Staverton, que era además un pozo de discreción, se lo hubiera llegado a imaginar.

Entraba y salía de la casa con la seguridad y tranquilidad que le otorgaba su calidad de propietario; el azar le había favorecido hasta ahora y si bien un policía gordo, de ronda por la Avenida, le había visto en cierta ocasión entrar a las once y media, nadie –que él supiera– le había visto todavía salir de allí a las dos de la madrugada. En las frescas noches de noviembre se encaminaba a la casa y solía llegar a la caída de la tarde; le resultaba tan fácil hacer esto, después de cenar en un restaurante, como dirigirse a su club o al hotel. Cuando abandonaba su club, si no había cenado fuera, era ostensiblemente para ir a su hotel; y cuando abandonaba el hotel, si había pasado parte de la velada allí, era ostensiblemente para ir a su club. En resumen, todo era muy sencillo; todo encajaba y avivaba su engaño; lo cierto es que incluso había algo encubridor en la naturaleza de su experiencia que ponía a salvo y simplificaba lo que quedaba de conciencia. Spencer Brydon se mezclaba con la gente, charlaba, retomaba, con desenvoltura y afabilidad, antiguas amistades; desde luego iba al encuentro de nuevas expectativas hasta donde le era posible y, en general, le parecía percibir que resultaba agradable a la gente, a pesar de que la trayectoria vital de sus distintos contactos era, tal como le había contado a Miss Staverton, muy poco edificante para cualquiera que pudiese contemplarla. Brydon había conseguido un tedioso éxito social de segunda categoría... y eso con gente que en realidad no sabía nada de él. Todo era simple ruido superficial para ellos: sus murmullos de bienvenida y los taponazos de las botellas al abrirlas; del mismo modo que sus ademanes al responder eran sombras extravagantes, enfáticas en proporción a lo poco que significaban, en un teatrillo de *ombres chinoises.* Cada día, Brydon se proyectaba mentalmente a sí mismo, saltando por encima de una línea divisoria erizada de rígidas cabezas inconscientes, para ir a parar directamente al otro lado, a la vida verdadera que le aguardaba; la vida que, tan pronto como oía cerrarse el gran portón de su casa, empezaba para él tan seductoramente como los lentos compases iniciales de una buena música siguen al golpe de batuta del director de orquesta.

Siempre se fijaba en el primer efecto que producía la punta de acero de su bastón contra el viejo pavimento de mármol del vestíbulo, de grandes losas cuadradas, blancas y negras, que él recordaba como algo que había admirado en su niñez y que había influido, tal como ahora veía, en el desarrollo de su temprana concepción del estilo. Este efecto era el eco del tenue tintineo como de una campana lejana que pendiera, quién sabe dónde, tal vez en las profundidades de la casa, en el pasado de aquel otro mundo misterioso que habría podido ser suyo si, para bien o para mal, no lo hubiera abandonado. Siempre hacía lo mismo bajo aquella impresión; colocaba el bastón en una esquina sin hacer el menor ruido, percibiendo el lugar, una vez más, como si fuera un gran cuenco de vidrio, una concavidad de cristal precioso que vibrara por el roce de un dedo húmedo alrededor de su borde. Era como si aquel cristal cóncavo encerrara ese otro mundo misterioso, y el indescriptible y delicado murmullo de su orla resonaba en su oído exacerbado como el suspiro, el patético gemido apenas audible de todas las frustradas posibilidades a las que había renunciado. Por tanto, lo que él hacía mediante el recurso de su silenciosa presencia era devolver a aquellas posibilidades una cierta vida fantasmal que todavía podían disfrutar. Eran tímidas, casi implacablemente tímidas, pero no eran realmente siniestras; por lo menos no eran como él las había sentido hasta entonces, antes de haber tomado la Forma que tanto había anhelado que tomaran, la Forma que, en ciertos momentos, él veía de sí mismo, claramente al acecho, de puntillas, sobre las puntas de sus zapatos de tarde, yendo de habitación en habitación y de piso en piso.

Aquello constituía la esencia de su visión, que le parecía una completa locura, si se quiere, cuando estaba fuera de la casa y ocupado con otras cosas, pero que adoptaba la más absoluta verosimilitud tan pronto como se encontraba a solas. Sabía lo que su forma de actuar significaba y lo que pretendía; estaba tan claro como la cifra en un cheque que se desea hacer efectivo. Su *alter ego* «caminaba» —aquel era el distintivo de la imagen que Brydon se hacía del «otro»—, y el motivo que a él le llevaba a practicar aquel extraño pasatiempo, consistía en el deseo de abordarlo y conocerlo. Merodeaba lenta y cautelosamente, pero desasosegado —Mrs. Muldoody había acertado plenamente con aquella imagen de «gatear»—, y la presencia que le acechaba también merodeaba desasosegada. Pero era tan cauta y evasiva como su perseguidor, que cada noche estaba más convencido de la probable, manifiesta y casi audible evasión de alguien que se sentía perseguido, hechizándole finalmente de un modo que no era comparable a nada de lo que había vivido hasta entonces. Muchas personas superficiales que él conocía habrían opinado que estaba malgastando su vida entregándose al mundo de las sensaciones; pero él no había degustado jamás un placer tan exquisito como su actual estado de ansiedad, ni había conocido juego alguno que requiriese al mismo tiempo la paciencia y el nervio que requería la caza de aquella criatura más sutil, aunque acorralada, tal vez más temible que cualquier bestia salvaje. Los términos, las confrontaciones, las mismas actitudes de la caza entraban de nuevo en juego; incluso había momentos en los que pasajes de su esporádica experiencia de cazador deportivo, recuerdos avivados del tiempo de su juventud, en brezales, montañas y desiertos, revivían para él, acrecentando su entusiasmo, gracias a la tremenda fuerza de la analogía. A veces, se sorprendía a sí mismo (tras haber colocado la vela en alguna repisa u hornacina) retrocediendo para refugiarse en las sombras, ocultándose tras una puerta o un alféizar, como antiguamente había buscado la posición ventajosa que le proporcionaba una roca o un árbol; se sorprendía a sí mismo conteniendo la respiración y viviendo la intensidad del instante, aquella suprema tensión que sólo se experimenta en la caza mayor.

No tenía miedo (aunque lanzaba aquella afirmación del mismo modo que confesaban haberlo hecho algunos caballeros que habían tomado parte en la caza del tigre de Bengala o ante la proximidad del gran oso de las Rocosas); y por supuesto —al menos hasta aquí podía ser sincero— esto se debía a la impresión, tan íntima y tan extraña, de que él mismo producía espanto, de que ciertamente era origen de una de las tensiones más intensas que probablemente él iba a soportar jamás. Clasificaba en categorías las señales de alarma que su presencia y vigilancia provocaban; él mismo podía percibirlas; incluso llegó a familiarizarse con ellas, aunque siempre considerara el hecho prodigioso de haber establecido probablemente una relación y estar disfrutando de un estado de conciencia que, con toda seguridad, eran únicos en la experiencia humana. Mucha gente ha sentido terror de apariciones de todo tipo, pero ¿quién, con anterioridad, había invertido los términos de aquel modo y se había convertido en objeto de terror incalculable en el mundo de los espectros? Hubiera encontrado sublime este hecho de haberse atrevido a pensar en ello; pero verdaderamente no insistió demasiado en considerar ese aspecto de su privilegio. La repetición y la costumbre le proporcionaron un poder extraordinario para traspasar las distancias tenebrosas y la oscuridad de los rincones, para devolver la inocencia a los objetos distorsionados por la luz vacilante, a las formas de apariencia maligna que adoptaban en la penumbra las simples sombras, debido a las corrientes de aire, a los efectos cambiantes de la perspectiva. Spencer colocaba en el suelo la vela mortecina y, aun sin ella, era capaz de continuar deambulando, pasar de una habitación a otra y, con la tranquilidad de saber que, en caso de necesidad, la vela estaba allí, detrás de él, reconocer su camino y proyectar visualmente una relativa claridad con el fin de conseguir su propósito. La recién adquirida facultad le hacía sentirse como un monstruoso gato furtivo; se preguntaba si, en aquellos momentos, tendría también enormes y brillantes ojos amarillos, y lo que significaría para el pobre y acosado *alter ego* enfrentarse a un rostro así.

Sin embargo, le gustaban los postigos abiertos; abría cuidadosamente cada uno de los que Mrs. Muldoody había cerrado, volviéndolos a cerrar después con el mismo cuidado, de manera que ella no lo notase; le gustaba –¡oh, cómo le gustaba hacer aquello, sobre todo en las habitaciones de arriba!– contemplar el firme plateado de las estrellas otoñales a través del cristal de las ventanas y, casi tanto, ver el fulgor de las farolas de la calle, el blanco resplandor eléctrico que unas cortinas no hubieran dejado pasar. Aquello era humano, real, social: pertenecía al mundo en el que él había vivido y en el que, ciertamente, se encontraba más cómodo por la serenidad común y fríamente impersonal que, durante ese tiempo y a pesar de su ostensible despego, aquel mundo parecía ofrecerle. Desde luego, se sentía más protegido en las habitaciones que daban a la amplia fachada y a la prolongación lateral de la casa; y mucho menos, en las habitaciones de atrás. Pero si algunas veces, en el transcurso de sus rondas, se sentía contento de su capacidad visual, con parecida frecuencia tenía la impresión de que la parte de atrás de la casa era la mismísima jungla donde se escondía su presa. En aquella zona de la casa, el espacio estaba más dividido; en concreto, una gran extensión, en la que se habían multiplicado pequeñas habitaciones para el servicio, llena de escondrijos y rincones, de roperos, pasillos y circunvoluciones, especialmente las de una amplia escalinata sobre la que él se inclinaba a menudo para mirar hacia abajo, sin perder la compostura, aunque consciente de que cualquiera que le hubiera observado le habría considerado un solemne imbécil jugando al escondite. Él mismo, visto desde fuera, habría podido hacer también aquel irónico *rapprochement;* pero dentro de aquellas paredes, y a despecho de la claridad que entraba por las ventanas, su propia consistencia era una prueba contra la cínica luz de Nueva York. La índole de aquel grado de exacerbada conciencia de su víctima había llegado a convertirse para Spencer en una prueba real; puesto que, desde un principio, estuvo convencido de que podía, sin duda, «cultivar» su capacidad de percepción. Por encima de todo, sentía que aquella facultad merecía cultivarse, lo que, por supuesto, no era sino otra forma de nombrar su modo de pasar el tiempo. Estaba desarrollando su percepción, perfeccionándola a base de práctica, con lo que había alcanzado tal punto de sutileza que ahora captaba un tipo de impresiones que antes no hubiera percibido de inmediato y que venían a confirmar los postulados en los que se basaba. Esto sucedió, más concretamente, con un fenómeno que terminó por suceder con bastante frecuencia en las habitaciones del piso superior: darse cuenta de que alguien le seguía a una distancia cuidadosamente calculada y con la clara finalidad de que el simple hecho de sentirse perseguido quebrantara su confianza y altivez; aquella sensación era absolutamente inconfundible y podía fecharse en un momento determinado: justo después de que Brydon, tras una retirada diplomática de tres noches de ausencia, hubiera reanudado la ofensiva. Aquello le preocupaba y finalmente terminó por apesadumbrarle, porque confirmaba, entre todas las impresiones concebibles, la que menos le convenía. Estaba siendo observado mientras que, en lo que a su posición se refería, el otro permanecía invisible y el único recurso que a Spencer le quedaba consistía en dar bruscos giros y recuperar terreno rápidamente. Giraba sobre sus talones y desandaba el camino, como si así pudiera recibir en el rostro el aire revuelto de algún otro giro rápido. Desde luego, era cierto que su apreciación completamente desorientada de estas maniobras le recordaban al Pantalón de la farsa navideña, abofeteado y engañado por la espalda por el ubicuo Arlequín; pero aquel pensamiento perduraba, sin menoscabo de la influencia que ejercían las condiciones propiamente dichas, cada vez que él volvía a exponerse a ellas, de modo que si aquella asociación hubiera resultado ser continuada, no habría hecho sino contribuir a una solemnidad todavía más intensa. Tal como he dicho, sus tres noches de ausencia iban encaminadas a crear en la casa un infundado sentimiento de descanso en sus actividades; y el resultado de la tercera ausencia debía confirmar el efecto causado por la segunda.

Cuando volvió aquella noche —la noche siguiente a su última interrupción— permaneció de pie en el recibidor y levantó la vista hacia la escalinata con una certidumbre más profunda que la que había sentido jamás. «Está ahí, esperándome, en lo alto de la escalera y no, como de costumbre, retrocediendo para desaparecer. Se mantiene firme y es la primera vez, prueba inequívoca —¿no es cierto?— de que algo le ha sucedido.» Así argumentaba Brydon con la mano en la balaustrada y el pie en el último peldaño, en cuya posición percibía, como jamás lo había hecho, que su lógica helaba el aire. También él sentía frío, porque, de repente, tuvo la impresión de que ahora sabía lo que aquello implicaba.

«¿Se siente más acosado? —sí, lo ha comprendido y ahora tiene claro que he venido, como se suele decir, a "instalarme"—. Finalmente, no le hace ninguna gracia; quiero decir en el sentido de que su ira y sus amenazados intereses se equilibran ahora con el miedo que siente. Le he acosado hasta obligarle a "darse la vuelta": eso es lo que ha sucedido ahí arriba; es como un jabalí o un ciervo que por fin está acorralado.» Como iba diciendo, Brydon percibía —aunque determinado por algún motivo que yo ignoro— lo crítico de esta certeza; y un instante después, bajo su influencia, comenzó a sudar; tan improbable era que Brydon hubiera achacado esta reacción al miedo como que se hubiera atrevido a juzgarla como una señal de exaltación. No obstante aquello le provocó un extraordinario estremecimiento, un estremecimiento que, sin duda, manifestaba un repentido desaliento, pero que también ponía de manifiesto con idéntica pulsión la más extraña, gozosa y, posiblemente en breve, la más memorable duplicación de su conciencia.

«Ha estado esquivándome, retrocediendo, ocultándose, pero ahora, estimulado por la ira, ¡luchará!» —esta intensa impresión reunía en una simple bocanada, como si dijésemos, terror y estímulo—. Pero lo que resultaba prodigioso era que el estímulo proporcionado por aquel hecho fuera tan vehemente, ya que si la entidad a la que había estado persiguiendo era su otro yo, esta identidad inefable no era, en último término, indigna de él. Se erguía allí —en algún lugar al alcance de la mano, aunque todavía invisible a sus ojos— como un ser acosado, pero su paciencia, como en el refrán, también tendría un límite; y Brydon, en aquel instante, saboreaba probablemente la sensación más compleja que había sentido jamás dentro de los límites de la cordura. Era como si se avergonzara de que un personaje tan estrechamente unido a su propia identidad hubiera conseguido salir furtivamente con éxito y no fuera capaz, al final, de enfrentarse a él; así que la desaparición de este peligro, sobre el terreno, mejoraba la situación en gran medida. No obstante, debido a otro cambio tan sutil como el anterior, Spencer intentaba averiguar ahora qué grado de peligro corría él de sentir miedo; y así, al mismo tiempo que se alegraba, porque bajo un aspecto determinado era objeto de terror, también temblaba, porque podía ser, bajo otro, sujeto pasivo del mismo miedo.

A medida que pasaba el tiempo, crecía dentro de él el temor que le producía aquel conocimiento; y tal vez el momento más extraño de su aventura, el más memorable o, en el futuro, el episodio más interesante realmente de su crisis, fue el instante en que sintió aquel agudo espasmo de concentrado y consciente *combat,* la sensación de tener necesidad de agarrarse a algo, como si fuera un hombre que se deslizara sin freno por una espantosa pendiente; sobre todo, la imperiosa necesidad de moverse, de actuar, de cargar de algún modo y contra algo: en una palabra, de demostrarse a sí mismo que no tenía miedo. En aquel instante se encontraba reducido a un estado de «espectativa»; si en aquel gran espacio vacío hubiera habido algo a lo que agarrarse, lo habría hecho, como se habría agarrado al respaldo de la silla más cercana si, estando en casa, hubiera recibido un susto. De todos modos —de esto sí se daba cuenta— había sido sorprendido por algo sin precedentes desde que había tomado posesión de la casa; cerró los ojos y los mantuvo apretados durante un largo minuto, como impulsado por un instinto desalentador y por el terror a una posible visión. Cuando los abrió, tuvo la sensación de que la habitación en la que estaba y las habitaciones contiguas estaban notablemente más iluminadas; había tanta luz que, en un principio, pensó que era de día. Permaneció firme, a pesar de lo que pudiera ser, en el mismo punto en que se había detenido; su resistencia le había ayudado; fue como si hubiera superado un obstáculo. Momentos después supo de qué se trataba: había estado en peligro inminente de huir. Había hecho un gran esfuerzo de voluntad para no irse y, de no haber sido así, habría corrido escaleras abajo; tenía la impresión de que las habría bajado con los ojos cerrados y habría sabido llegar al final, sin detenerse, y rápidamente.

Pero como no había cedido, allí estaba, arriba todavía, entre las más intrincadas habitaciones del piso superior y con el desafío que suponía el resto de las habitaciones de la casa y que recorrería cuando fuera el momento de irse. Se iría a su debido tiempo... únicamente entonces o, ¿acaso no se marchaba cada noche a la misma hora aproximadamente? Sacó el reloj: había suficiente luz para ver la hora; era la una y cuarto, más o menos, y él nunca se retiraba tan pronto. La mayoría de las noches llegaba a su alojamiento hacia las dos y, hasta llegar allí, tenía un cuarto de hora andando. Esperaría hasta las dos menos cuarto, no se movería hasta entonces; continuó mirando el reloj con los ojos fijos en él; mientras lo sostenía, pensaba que aquella espera deliberada, una espera que él reconocía que exigía esfuerzo, serviría perfectamente como testimonio de lo que deseaba hacer. Sería una prueba de su valor —a no ser que la mejor manera de probarlo fuera marcharse al fin de aquel lugar—. Ahora sentía con mayor intensidad que, puesto que no se había escabullido de allí en un principio, su dignidad —que jamás en su vida le había parecido tanta— estaba a salvo y podía llevar la frente muy alta. La verdad es que aquella imagen tomaba cuerpo ante él como una realidad física, una imagen propia de una época más romántica. Aquella observación centelleó un instante ante él y resplandeció a continuación con una luz más sutil; después de todo, ¿qué época romántica hubiera encajado con el estado mental en que se encontraba o, dicho objetivamente, con su prodigiosa situación? La única diferencia habría sido que, blandiendo su dignidad por encima de la cabeza, como en un rollo de pergamino, habría podido entonces —en una época heroica— haber descendido las escaleras con una espada desenvainada en la otra mano.

Lo cierto es que, en aquellos momentos, la vela que había depositado en la repisa de la chimenea de la habitación contigua tendría que desempeñar la función de espada; y, en un minuto, Spencer había dado ya el número exacto de pasos para hacerse con aquel utensilio. La puerta entre las dos habitaciones estaba abierta y, en la segunda, otra puerta comunicaba con una tercera habitación. Estas habitaciones, según recordaba, daban las tres a un pasillo común, pero al fondo, había una cuarta sin salida, a no ser que se pasara a través de las anteriores. El haberse movido y volver a oír sus pasos era una ayuda considerable para Brydon, pero, aun reconociéndolo, una vez más se demoró brevemente junto a la chimenea donde había dejado la luz. Cuando por fin se movió, dudando un poco qué dirección seguir, se encontró considerando una circunstancia que, en un principio había percibido de un modo vago pero que, un instante después, le produjo el sobresalto que a menudo acompaña a un recuerdo repentino, a la violenta impresión de haber dejado felizmente de olvidar. Tenía ante su vista la puerta que ponía fin a la breve cadena de comunicación descrita anteriormente, y la veía desde el umbral más próximo a dicha puerta, que no era el que estaba justo enfrente. Situada un poco a la izquierda de donde él se encontraba, le hubiera franqueado el paso a la última habitación de las cuatro, la que no tenía ningún otro acceso ni salida, a no ser porque Brydon tenía la íntima convicción de que la había cerrado, después de la última vez que había estado allí, un cuarto de hora antes aproximadamente. Miraba con los ojos desorbitados aquel hecho prodigioso, paralizado de nuevo y conteniendo la respiración, una vez más, mientras intentaba desentrañar el significado de aquello. Con toda seguridad, la habían cerrado...; es decir, no le cabía la menor duda de que estaba abierta cuando pasó por allí la última vez.

Saltaba claramente a la vista que algo había ocurrido en aquel intervalo de tiempo; era imposible que no se hubiera fijado antes (se refería, a la primera vez que había recorrido las habitaciones aquella tarde) en la presencia excepcional de semejante barrera. Desde luego, a partir de aquel momento, había estado sometido a una agitación tan extraordinaria que habría podido enturbiar cualquier visión anterior; intentaba pensar que, posiblemente, tal vez hubiera entrado en la habitación y, sin darse cuenta, al salir, hubiera cerrado automáticamente la puerta. La dificultad estribaba en que precisamente eso era lo que nunca hacía; iba, como él hubiera dicho, en contra de su estrategia que, en esencia, consistía en mantener el panorama despejado. Era muy consciente y tenía grabado en su cabe- que así había sido desde el comienzo; la extraña aparición, al fondo de una de las habitaciones, de su desconcertada «presa» (un término que, irónicamente, se ajustaba muy poco a la situación actual), era el triunfo que su imaginación había alimentado con mayor intensidad, proyectando siempre en aquella aparición una cierta belleza refinada. Cincuenta veces había sentido el sobresalto de una percepción que le había abandonado poco después; cincuenta veces se había dicho boquiabierto: «¡Ahí está!», bajo el efecto de una ingenua y breve alucinación. La casa, tal como estaban las cosas, se prestaba admirablemente a ello; Spencer se maravillaba del gusto de una época en que la arquitectura local se había recreado hasta el exceso en la multiplicación de puertas, extremo opuesto por completo a la moderna tendencia actual que prescindía de ellas casi por completo; pero aquel detalle había contribuido considerablemente a provocar su obsesión por la presencia que le salía al encuentro telescópicamente (como hubiera podido decir Brydon) enfocada y estudiada en una perspectiva reducida, como para darle un descanso al brazo.

En aquellos momentos, su atención estaba centrada en estas consideraciones, que le ayudaban a juzgar prodigioso lo que había visto. Era imposible que en un desliz él hubiera bloqueado aquella abertura; y si él no había sido, si eso era inconcebible, ¿qué cabía pensar sino que había actuado otro agente? ¿Otro agente? Hacía un momento incluso le había parecido sentir su aliento; pero ¿cuándo le había tenido Brydon tan cerca como confirmaba aquel acto sencillo, lógico y totalmente personal? Es decir, era tan lógico que hubiera podido interpretarse como un acto realizado por una persona; sin embargo, ¿cómo lo interpretaba él?, se preguntaba Brydon, jadeando confuso, mientras notaba cómo los ojos se le salían de las órbitas. ¡Por fin estaban los dos frente a frente!, ¡las dos proyecciones opuestas de su personalidad!; y esta vez se vislumbraba —tanto como se quisiera— la cuestión del peligro. Y con ella surgía, como no había surgido antes, la cuestión del valor, puesto que él sabía que el rostro en blanco, al otro lado de la puerta, le decía: «¡Muéstranos el valor que tienes!» Le miraba fijamente, le desafiaba con un destello feroz en sus ojos; le enfrentaba a las dos alternativas que tenía: ¿debería o no debería abrir aquella puerta? Ser consciente de aquello equivalía a *pensar,* y Brydon sabía, mientras permanecía de pie allí, en aquellos momentos de duda, que detenerse a pensar significaba que no había actuado. Y no haber actuado —y en eso consistía el sufrimiento y el tormento— significaba que seguiría sin actuar; en realidad, significaba volver a sentirlo todo de un modo nuevo y terrible. ¿Cuánto tiempo llevaba parado? ¿Cuánto tiempo llevaba deliberando? No tenía parámetros con que medirlo, pues sus sentimientos habían cambiado por efecto de su propia intensidad. Encerrado allí, acorralado, desafiante y con aquella acción prodigiosa ocurrida de modo palpable y demostrable, infórmandole como si estuviera escrito en un letrero bien visible... con todos aquellos indicios, la situación tomaba otro cariz; y Brydon se dio cuenta, por fin, en qué dirección se había producido el cambio.

La situación le señalaba una actitud totalmente distinta: suponía para Spencer un magnífico indicio del valor de la Prudencia. Aquella idea se fue esbozando lentamente en su mente, puesto que podía tomarse el tiempo necesario; así mismo, Brydon permanecía perfectamente inmóvil en el umbral de la puerta, sin avanzar ni retroceder un milímetro. Lo más curioso era que, ahora que con sólo dar diez pasos y poner la mano en el picaporte, o incluso, si era necesario, empujando la puerta con el hombro o la rodilla, podría haber saciado su hambrienta necesidad primigenia, colmado su curiosidad y mitigado su inquietud... resultaba asombroso, pero también exquisito y excepcional, que ahora aquel apremio hubiera desaparecido de golpe. Se aferró a la palabra Prudencia; y sin embargo, no se aferró a ella tanto porque salvaguardara su integridad mental o su piel, como porque, por encima de todo, salvaba la situación.

Cuando digo que «se había aferrado» a aquella idea, siento que el término estaba en consonancia con el hecho de que —desde luego, al cabo de no sé cuánto tiempo— por fin decidiera moverse y dirigirse a la puerta. Ahora que podría tocarla si quisiera..., sabía que no lo haría: únicamente esperaría allí un momento para demostrar y probar que no lo haría. Se había colocado cerca del fino tabique que ocultaba la revelación que había estado esperando; pero con la mirada baja y las manos extendidas como simple contraste a su inmovilidad. Permanecía a la escucha como si hubiera algo que escuchar, pero esta actitud, mientras duró, era su propio modo de comunicarse. «Muy bien, si no quieres... de acuerdo: te perdono y me rindo. Me conmueve tu petición de piedad: me has convencido de que por motivos inflexibles o sublimes —¡quién sabe!— ambos hemos sufrido. Respeto esos motivos, y aunque sintiéndome conmovido y privilegiado como creo que ningún hombre ha tenido oportunidad de estarlo, me retiro, renuncio... y prometo, por mi honor, no volver a intentarlo nunca más. Así pues descansa para siempre... ¡y déjame que yo haga lo mismo!»

En aquello radicaba, para Brydon, el profundo sentido de esta última manifestación... solemne, medida, sincera. Cuando hubo terminado se dio la vuelta, y advirtió lo profundamente afectado que estaba. Volvió sobre sus pasos, recogió la vela que, como observó, se había consumido casi hasta la base; de nuevo escuchó claramente el ruido de sus ligeras pisadas, y poco después, supo que se encontraba ya al otro lado de la casa. Al llegar allí hizo algo que nunca había hecho anteriormente, a aquellas horas de la madrugada: abrió hasta la mitad una ventana de la fachada y dejó que el aire de la noche penetrara; cualquier otro día, este acto habría significado para él una brusca interrupción del hechizo. Pero ahora su hechizo se había roto, y no le importaba; la indulgencia y renuncia de Spencer lo habían roto, de modo que, de ahora en adelante, no tenía ningún sentido que él volviera nunca más. La calle vacía, con la otra vida que allí anidaba, tan manifiesta incluso en el vacío alumbrado por la luz de los faroles, estaba al alcance de su voz, al alcance de la mano; Brydon permanecía allí pero como si ya estuviera de nuevo en el mundo, aunque de momento aún seguía arriba; miraba buscando algún hecho cotidiano reconfortante, un vulgar indicio humano, ver pasar a un trapero, a un ladrón o a cualquier ave nocturna por rastrera que fuese. Hubiera agradecido esa señal de vida; con toda seguridad, le habría alegrado ver cómo se acercaba lentamente su amigo el policía, a quien, hasta entonces, sólo había tratado de eludir, y no estaba seguro de que, en caso de haber aparecido la patrulla de vigilancia, no hubiera sentido el impulso de entablar relación con ellos, de llamarles desde el cuarto piso, con cualquier pretexto.

No se le ocurría ningún pretexto que, en caso de haber sucedido aquello, no hubiera resultado estúpido o demasiado comprometedor, ni una explicación que hubiera puesto a salvo su dignidad y mantenido su nombre alejado de los periódicos: estaba tan ocupado pensando en el modo de dejar constancia de su Prudencia (como resultado de la promesa que acababa de pronunciar ante su íntimo adversario) que dicha preocupación llegó a alcanzar la máxima relevancia y trastocó irónicamente su sentido de la proporción. Si hubiera habido una escalera contra la fachada de la casa, incluso aunque hubiera sido una de ésas vertiginosamente perpendiculares que usan pintores y techadores y que, a veces, quedan montadas por la noche, Spencer se las habría arreglado de algún modo para, subirse a horcajadas sobre el alféizar y, estirando el brazo y la pierna, encontrar la manera de descender. Si hubiera habido uno de esos artilugios misteriosos que solía encontrar en las habitaciones de hoteles, una salida de incendios practicable en forma de cuerda de nudos o de lona inclinada, se habría valido de ellos como prueba de la delicadeza que sentía en aquellos momentos. Tal como estaban las cosas, Spencer alimentaba aquel sentimiento un poco en vano, e incluso (una vez más, no sabía al cabo de cuánto tiempo) se dio cuenta que volvía a sumirse en una vaga angustia, a consecuencia, quizás, del efecto que su mente sufría por la falta de respuesta del mundo exterior. Tenía la sensación de haber estado siglos esperando que surgiera algún movimiento procedente de aquel gran silencio inexorable; la vida de la ciudad estaba también hechizada, y por tanto, el vacío y el silencio continuaban, de modo muy poco natural, en todos los lugares, impregnando todo el panorama de objetos conocidos y horribles. Se preguntaba si aquellas casas de sólida fachada, que iban adquiriendo un tono lívido por la inminencia del amanecer, habrían mostrado, alguna vez, tanta indiferencia por las necesidades de su espíritu. En la madrugada, los enormes vacíos edificados, los inmensos silencios poblados de gente, en el corazón de las ciudades lucen, a menudo, una especie de máscara siniestra y, en aquellos momentos, Brydon era consciente de esta gran negación colectiva, tanto más porque el amanecer estaba ya increíblemente cerca, confirmándole que la noche había llegado a su fin.

Miró de nuevo el reloj; vio cómo se había trastocado su noción del tiempo (las horas le habían parecido minutos, al revés de lo ocurrido en otras situaciones tensas en que los minutos le habían parecido horas) y el extraño aire de las calles no era sino el tenue y plomizo arrebol de una aurora en la que todo estaba aún encerrado. El único signo de vida había sido su reprimida llamada desde la ventana abierta de la casa y la falta de respuesta le arrastraba a una desesperación todavía mayor. Sin embargo, aunque profundamente desmoralizado, aún fue capaz de un impulso que indicaba (al menos de acuerdo con su presente valoración de las cosas) una extraordinaria decisión; la de volver sobre sus pasos hasta el lugar en que se había quedado petrificado, al desvanecerse la última sombra de duda respecto al hecho de que otra presencia además de la suya habitaba aquel lugar. Esta acción requería un esfuerzo tan fuerte como para ponerle enfermo; pero las razones que tenía vencían de momento todo lo demás. Le quedaba por recorrer todo el resto de la casa; pero ¿de dónde iba a sacar ánimos para hacerlo si la puerta que había visto cerrada estuviera ahora abierta? Podría aferrarse a la idea de que el cierre de aquella puerta había sido para él un acto de clemencia, una oportunidad que se le ofrecía para descender, salir, abandonar aquel lugar y no volver a profanarlo jamás. El planteamiento era coherente, funcionaba; pero el significado que aquello tendría para Spencer Brydon dependía ahora claramente del grado de dominio sobre sí mismo, que su reciente acción, o más bien su reciente inacción, había originado. La imagen de la «presencia», fuera la que fuese, esperando a que él se alejara, no había llegado a ser aún tan precisa para sus nervios como cuando se detuvo a poca distancia del punto en el que dicha imagen debería haber aparecido. Porque a pesar de todas sus decisiones, o más exactamente con todo su terror, Spencer se detuvo a pocos pasos de allí, negándose en realidad la posibilidad de ver. El riesgo era demasiado grande y su temor, demasiado definido, adoptaba en aquellos momentos una forma terriblemente concreta.

Sabía... lo sabía con mayor certeza de la que jamás había sabido nada que, si veía la puerta abierta, habría llegado su humillante fin. Significaría que el causante de su vergüenza (y su vergüenza era aquella profunda humillación) estaba una vez más en libertad y en posesión del lugar; y aquello le abocaba a una acción que fulguraba ante sus ojos. Le haría dirigirse directamente a la ventana que había dejado abierta y se veía a sí mismo incontrolable, enloquecida y fatalmente abrirse paso hasta la calle a través de aquella ventana en la que ninguna escalera se apoyaba y de la que no pendía cuerda alguna. Por lo menos, podía evitar tan espantosa posibilidad; pero sólo podría evitarla si retrocedía a tiempo y no comprobaba si la puerta estaba o no abierta. Tenía que atravesar toda la casa, éste era un hecho que no había cambiado; pero ahora sabía cuál era la única incertidumbre que podía asustarle. Retrocedió sin hacer ruido desde el lugar en que se había detenido (el simple hecho de hacer aquello le ofrecía una repentina seguridad) y, abriéndose paso a ciegas para llegar a la gran escalinata, dejó atrás habitaciones abiertas y estrepitosos pasillos. Aquí comenzaba la escalera, tendría que vérselas con un prolongado descenso a oscuras y tres espaciosos rellanos. Su instinto le aconsejaba caminar con suavidad, pero sus pies golpeaban el suelo con fuerza, y, curiosamente, cuando al cabo de un par de minutos se dio cuenta, le pareció que en cierto modo le servía de ayuda. Se sentía incapaz de hablar; le habría asustado el sonido de su propia voz, y el recurso o la idea tan común de «silbar en la oscuridad» (literal o figuradamente) le parecía rastrero y vulgar; no obstante, le gustaba oír sus pasos alejándose y cuando alcanzó el primer rellano (al que había llegado sin prisa pero sin perder tiempo) aquel éxito parcial le arrancó un suspiro de alivio.

Además, la casa parecía inmensa, el espacio era desmesurado; las habitaciones abiertas, de las que su mirada no se desviaba, presentaban, con los postigos cerrados, un aspecto lúgubre, como la entrada de una caverna; únicamente la claraboya en lo alto del techo, coronando el profundo pozo en el que estaba, le ofrecía el medio adecuado para poder seguir avanzando y que, por los curiosos colores que la luz adoptaba, podría haberse tratado de un medio acuático submarino. Intentaba pensar en algo noble, como si su propiedad fuese realmente algo magnífico, una espléndida posesión; pero aquella idea de nobleza se fundía con otra: el inequívoco placer con que al final se desharía de ella. Ahora podían entrar aquí los constructores, los demoledores... podían venir tan pronto como quisieran. Tras rebasar dos tramos de escalera, alcanzó otra zona de la casa, y a mitad del tercer tramo, cuando sólo le quedaba uno más, percibió la luminosidad que entraba por las ventanas del piso de abajo, a través de las persianas a medio levantar, y del ocasional destello de las farolas por las vidrieras del vestíbulo. Éste era el fondo del mar, que lucía su propia iluminación y que incluso estaba pavimentado (según pudo ver en un momento que se detuvo a mirar las profundidades por encima de la balaustrada) con las baldosas de mármol de su niñez. Para entonces, se sentía indudablemente mejor, tal como hubiera dicho en una circunstancia más cotidiana; aquella mejora le había permitido detenerse a tomar aliento y su bienestar aumentó a la vista de las viejas losas blancas y negras. Pero lo que sentía con mayor intensidad era que ahora, con toda seguridad, junto a una cierta dosis de inmunidad que le hacía continuar como guiado por una mano firme, el asunto de lo que podría haber encontrado allí arriba, si se hubiera atrevido a echar aquel último vistazo, estaba zanjado. La puerta cerrada, que ahora quedaba afortunadamente lejos, seguía aún cerrada... y él no tenía más que alcanzar en breve la puerta de la calle.

Siguió bajando, cruzó la distancia que le separaba del último tramo; y si ahora volvió a detenerse un instante fue, sobre todo, movido por el intenso escalofrío que la certidumbre de su huida le producía. Le hizo cerrar los ojos... pero volvió a abrirlos para continuar bajando los peldaños restantes. Aquí seguía teniendo la misma sensación de inmunidad; pero de una inmunidad casi excesiva, ya que las luces laterales y la que penetraba por la tracería en abanico sobre la puerta de entrada iluminaban tenuamente el vestíbulo. Spencer vio enseguida que aquel aspecto se debía a que el vestíbulo estaba completamente abierto y las hojas de la puerta anterior habían sido retiradas hacia atrás. Al ver esto volvió a planteársele *la cuestión*, y sintió como si los ojos se le salieran de las órbitas, tal como le había sucedido en el piso de arriba al ver lo ocurrido con la otra puerta. Si había dejado aquella abierta, ¿no era igualmente cierto que esta otra había quedado cerrada?; ¿y acaso no estaba ahora asistiendo de muy cerca a una actividad incomprensiblemente secreta? La pregunta era tan penetrante como un cuchillo clavado en el costado, pero la respuesta se encasquillaba y parecía perderse en la vaga oscuridad en la que la tenue aurora recién llegada, brillando en forma de arco sobre la puerta exterior, dibujaba un borde semicircular, una fría aureola plateada que, mientras Spencer la contemplaba, parecía jugar a desplazarse, expandirse y contraerse.

Era como si allí dentro hubiera habido algo protegido por la falta de nitidez y que correspondía en extensión a la superficie opaca que había detrás, los paneles pintados de la última barrera que vencer en su huida y cuya llave estaba en el bolsillo de Spencer. La falta de nitidez le confundía incluso mientras lo miraba fijamente; aquello le impresionaba como una certeza velada o provocadora; así que, tras una breve vacilación en su paso, se decidió a seguir adelante, con la sensación de que, por fin, allí *había* algo que descubrir, tocar, coger, conocer... algo inhumano y espantoso, pero hacia lo cual tenía que avanzar como condición indispensable de su liberación o de su definitiva derrota. La penumbra, densa y oscura, era el escenario virtual de una figura que se erguía inmóvil como una imagen erecta en un nicho o como un centinela con negro yelmo guardando un tesoro. Más tarde, Brydon sabría, recordaría y comprendería aquello en lo que había creído mientras descendía. Vio cómo disminuía la vaguedad central en el brillante borde semicircular grisáceo y percibió cómo tomaba la forma que su apasionada curiosidad había anhelado durante tantos días. Se vislumbraba tenebroso, era algo, alguien, el prodigio de una presencia particular.

Rígido y consciente, espectral pero humano, un hombre de su misma naturaleza y estatura aguardaba allí pa medir la capacidad de terror de Spencer Brydon. No podía ser otra su intención... o eso creía él, hasta que, al avanzar, vio que lo que velaba aquel rostro eran sus manos levantadas cubriéndolo y que, lejos de ofrecer una imagen desafiante, el rostro se ocultaba en ellas como una súplica oscura. Así era como Brydon percibía aquella presencia que tenía ante sí; con todo detalle y absoluta claridad, intensa y penetrante; su inconmovible quietud, su auténtica verdad, la inclinada cabeza cana y las enmascaradoras manos blancas, la peculiar realidad de su traje de etiqueta, los quevedos colgando de una cadena, las solapas de seda brillante y el lino blanco de la camisa, los botones de perlas, la funda de oro de su reloj de bolsillo y sus zapatos brillantes. Ningún maestro moderno le hubiera retratado con más intensidad, ni le hubiera plasmado con más arte, como si cada sombra y cada prominencia hubiera recibido un tratamiento magistral. Antes de darse cuenta, nuestro amigo sintió una enorme repugnancia al comprender el sentido de la inescrutable maniobra de su adversario. Por lo menos, aquel era el significado que aquella presencia le ofrecía, mientras él miraba boquiabierto, puesto que lo único que podía hacer era mirar atónito a su otro yo abrumado por su otra angustia; mirar boquiabierto al comprobar que aquel ser frente a él, símbolo de una vida con éxito, divertida y triunfante, no podía hacer frente a su triunfo. ¿No eran una prueba aquellas espléndidas manos, fuertes y totalmente abiertas que tapaban su rostro? Tan abiertas y deliberadas que su rostro quedaba eficazmente guardado y a salvo, a pesar de una realidad muy especial que aventajaba a todas las demás: el hecho de que a una de esas manos le faltaran dos dedos, reducidos a muñones, como si se los hubieran arrancado de un disparo fortuito.

¿Estaría realmente a salvo? —Brydon susurró la pregunta hasta que la misma impunidad de su actitud y la insistencia de su mirada sintió que provocaban una repentina agitación que, un momento después, mientras la cabeza se levantaba, reveló algo más prodigioso todavía, la evidencia de un propósito más atrevido—. Las manos, mientras Spencer las miraba, comenzaron a moverse, a abrirse; luego, como llevado por una decisión repentina, las dejó caer y dejó su rostro expuesto y al descubierto. El horror ante aquella visión atenazaba la garganta de Brydon reprimiendo sonidos jadeantes que no podía formular; aquella identidad descubierta era demasiado espantosa para ser suya y su iracunda mirada expresaba su encendida protesta.

¿Podía ser aquel rostro, el rostro de Spencer Brydon? Aún lo contempló un momento más, pero apartó la mirada, con desaliento y rechazo, cayendo en picado de su pináculo de exaltación. ¡Era un rostro desconocido, increíble, espantoso, inaceptable! En su fuero interno, se quejaba de haber sido estafado por haber estado al acecho de semejante presa; la presencia que tenía ante sí era una presencia auténtica y el horror que sentía en su interior era verdadero horror, incluso la pérdida de sus noches resultaba únicamente grotesca y el éxito de su aventura, una ironía. Aquella identidad no se acoplaba a la suya en lo más mínimo, era una monstruosa alternativa. A medida que se acercaba a él, aquel rostro era, una y mil veces, el rostro de un desconocido. Ahora lo tenía casi encima, como una de esas fantásticas imágenes expandidas proyectadas por la linterna mágica de la infancia; pues el extraño, quienquiera que fuese, malvado, odioso, gárrulo, vulgar, había avanzado como con intención de agredirle y Spencer se daba cuenta de que él estaba cediendo. Entonces, más acosado todavía, enfermo por la fuerza de aquella impresión, cayendo hacia atrás bajo el cálido aliento y la pasión despierta de una vida más amplia que la suya, por la cólera de una personalidad ante la que la suya se derrumbaba, sintió que la vista se le nublaba y el suelo se desvanecía bajo sus pies. La cabeza le daba vueltas; perdía la conciencia; la había perdido.

III

Lo que evidentemente le había hecho volver en sí —¡quién sabe después de cuánto tiempo!— era la voz de Mrs. Muldoody, que le llegaba bastante próxima, tan cercana que ahora le parecía verla arrodillada en el suelo ante sí mientras él alzaba su mirada hasta ella; Spencer no yacía totalmente en el suelo, sino que estaba medio incorporado y sostenido, consciente, desde luego, de la ternura y ayuda de las que era objeto, y más concretamente, de que su cabeza descansaba en un almohadillado de extraordinaria blandura, envuelto en una fragancia vagamente refrescante. Intentaba pensar y se hacía preguntas, pero su cabeza sólo le respondía a medias; entonces, otro rostro entró en escena y se inclinó más directamente sobre él, y al fin supo que Alice Staverton había convertido su regazo en un amplio y magnífico cojín para su cabeza y que con ese fin, se había sentado en el último peldaño de la escalinata, dejando el resto del cuerpo de Spencer (que era bastante alto) tumbado sobre sus viejas losas blancas y negras. Estaban fríos aquellos cuadrados marmóreos de su juventud; pero, de alguna manera, él no lo estaba en esta espléndida recuperación de la conciencia: la hora más maravillosa que jamás había vivido, había discurrido lentamente, dejándole, a medida que transcurría, grata y profundamente pasivo y, no obstante, como inmerso en un tesoro de conocimiento del que se iba apropiando en silencio. Se podría decir que estaba disuelto en el aire de aquel lugar, que formaba parte del dorado resplandor de aquella tarde de finales de otoño. Había regresado, sí, había regresado del lugar más lejano al que hombre alguno, excepto él, hubiera viajado jamás; y sin embargo, era curioso cómo, teniendo esta sensación, le parecía que realmente había regresado a lo fundamental, y como si el fin último de su prodigioso viaje hubiera sido el de regresar. Lentamente, su conciencia iba afirmándose y así fue completándose la idea de su propia situación: había sido milagrosamente transportado allí; le habían levantado y llevado con sumo cuidado desde donde le habían recogido, desde el recóndito extremo de un interminable pasillo gris. Durante todo aquel tiempo había permanecido inconsciente, y lo que ahora le hacía recuperar el conocimiento era la interrupción de aquel movimiento suave.

Le había hecho recuperar el conocimiento, el conocimiento... sí, eso era lo hermoso del estado en que se hallaba; que acababa por parecerse cada vez más al de un hombre que, yéndose a dormir después de recibir la noticia de una herencia, sueña la noticia, profanándola con cosas completamente ajenas a ella, y despierta de nuevo comprobando con serenidad la certidumbre del hecho; entonces, no le queda sino permanecer tumbado viendo como esa verdad resplandece ante él. La paciencia de Brydon seguía ese mismo rumbo... sólo tenía que esperar que su conciencia se fuera aclarando. Además, debían de haberle levantado y sostenido a intervalos; de otro modo no se explicaba cómo y por qué se había dado cuenta (más tarde, cuando la luz de la tarde se hizo más intensa) de que ya no se encontraba al pie de la escalera —que ahora le parecía que estaba en aquel otro oscuro extremo del túnel— sino junto a una ventana del salón, tumbado en un amplio banco sobre el que habían extendido, como en un asiento de tren, una cubierta de tela suave, forrada de piel gris que le era familiar y que una de sus manos acariciaba, como garantía de que realmente existía. La cara de Mrs. Muldoody había desaparecido, pero la otra, la que había reconocido en segundo lugar, flotaba sobre él en una postura que mostraba claramente como la cabeza de Spencer descansaba todavía en aquel regazo que le servía de almohada. Ahora lo comprendía todo, y cuanto mejor lo comprendía más satisfecho se sentía: se sentía tan satisfecho como después de comer y beber. Las dos mujeres le habían encontrado cuando Mrs. Muldoody había abierto el cerrojo a la hora de costumbre y sobre todo porque había llegado cuando Miss Staverton aún rondaba cerca de la casa y ya se disponía a volver, nerviosa y preocupada por la falta de respuesta a sus llamadas pues, según sus cálculos, la buena mujer ya debería estar allí; pero por fortuna, Mrs. Muldoody había llegado a tiempo de encontrarse con Alice y habían entrado juntas. Le encontraron tumbado, un poco más allá del vestíbulo, del mismo modo en que ahora estaba, es decir, dando la impresión de haberse caído; pero curiosamente no presentaba hematomas ni cortes; únicamente estaba sumido en una especie de estupor. Sin embargo, ahora que las cosas se le iban aclarando comprendía que, durante un interminable e indescriptible momento, Alice Staverton le había dado por muerto.

—Es posible que lo estuviera —dijo, mientras ella le sostenía—. Sí... eso es lo que ha debido suceder. Literalmente, usted me ha devuelto la vida. Sólo que...

¡por todos los santos! ¿Cómo lo ha logrado? —preguntó, levantando sus ojos hacia ella.

Un instante después, Miss Staverton inclinó su rostro y le besó; había algo en el modo de hacerlo y en cómo ella sostenía y rodeaba su cabeza entre las manos mientras él sentía la serena bondad y la virtud de sus labios, algo en toda aquella beatitud que respondía todas sus preguntas.

—Y ahora te retengo —dijo.

—¡Oh, reténme, reténme! —suplicaba, mientras el rostro de Alice flotaba todavía sobre él; y en respuesta a su ruego, Alice bajó la cabeza, acercando y uniendo su rostro al de Spencer. Aquel acto sellaba su situación y Spencer saboreó la señal en silencio durante un dilatado momento de felicidad. Después, volvió a preguntar.

—Pero, ¿cómo lo supiste?

—Estaba intranquila. Habías quedado en venir a verme, ¿recuerdas?, y no me enviaste ningún recado.

—Sí, lo recuerdo... Había quedado en ir a verte hoy a la una.

Aquello encajaba con su vida y relaciones «anteriores», tan próximas y a la vez tan lejanas. «Yo estaba aún allí, inmerso en mi extraña oscuridad... ¿Dónde era? ¿Qué era? He debido estar allí mucho tiempo.» Lo único que podía hacer era preguntarse por la intensidad y duración de su desvanecimiento.

—¿Desde ayer por la noche? —preguntó ella con una sombra de temor por su posible indiscreción.

—Debe haber sido desde esta mañana; desde el frío y mortecino amanecer de hoy. ¿Dónde he estado? —gimió débilmente—. ¿Dónde he estado? —Sintió como ella le apretaba con más fuerza y aquello le ayudó a expresar sin miedo su débil queja—. ¡Qué día tan largo!— Pese a la ternura que sentía, Alice aguardó un momento.

—¿Desde el frío y mortecino amanecer? —balbució.

Pero él estaba ya uniendo las piezas sueltas de todo aquel prodigio.

—Así que, como yo no aparecí, viniste aquí directamente...

Alice apenas dudó en responder.

—Fui primero a tu hotel... donde me informaron de tu ausencia. Habías salido a cenar y no habías regresado desde entonces. Pero creían que habías ido al club.

—¿Tenías idea de *esto*?

—¿De qué? —preguntó al cabo de un momento.

—Bueno... de lo que ha sucedido.

—Creía, por lo menos, que habrías pasado por aquí. Hace tiempo que sé que has estado viniendo —dijo.

—¿Lo sabías...?

—Bueno, lo creía. No te dije nada después de aquella conversación que tuvimos hace un mes... pero estaba segura. Sabía que lo harías —afirmó.

—¿Quieres decir que sabías que insistiría?

—Quiero decir que sabía que le verías.

—¡Pero si no le he visto! —exclamó Brydon quejumbroso—. Hay alguien... una bestia espantosa a la que acabé acorralando de un modo horrible. Pero no soy yo.

Al oír esto, Alice se inclinó de nuevo sobre él y le miró a los ojos.

—No... no eres tú. —Y, de no haber estado tan cerca, cuando su rostro se cernía sobre el suyo, Spencer hubiera podido percibir en él alguna intención velada por la sonrisa de Alice—. No, gracias a Dios, ése no eres tú —repitió—. Por supuesto que él no hubiera podido ser tú.

—Pero lo era —insistió dulcemente. Ahora miraba con fijeza ante sí como lo había estado haciendo durante tantas semanas—. Tenía que haberme conocido a mí mismo.

—No podías —le respondió, en tono consolador. Y entonces, como si quisiera seguir con el relato de lo que ella había hecho hasta llegar allí, cambió de tema—: Pero no fue sólo el que no hubieras estado en el hotel —continuó—. Esperé hasta la misma hora en que nos habíamos encontrado con Mrs. Muldoody aquel día que me trajiste aquí; y llegó, tal como te he dicho, mientras yo, desesperada, aguardaba sentada en la escalera, después de haber intentado en vano que alguien me abriese la puerta. Si no hubiera venido al cabo de un rato, como por suerte sucedió, me las habría arreglado para dar con su paradero. Pero no era —dijo Alice Staverton, como si otra vez dejara entrever alguna sutil intención—, no fue solamente por eso.

Todavía tumbado, Spencer volvió los ojos hacia ella.

—¿Pues de qué más se trata?

Alice se enfrentó a la curiosidad que había despertado.

—¿Dijiste que fue en el frío y mortecino amanecer? Pues bien, en el frío y mortecino amanecer de hoy, también yo te vi.

—¿Que me viste...?

—Le vi a él —dijo Alice Staverton—. Debió de haber sido en el mismo momento.

Permaneció tumbado un instante, tratando de entenderlo... como si quisiera mostrarse razonable.

—¿En el mismo momento?

—Sí... en el sueño que tuve, el mismo del que te hablé en cierta ocasión. Aquel hombre se me volvió a aparecer. Entonces supe que era una señal; que también a ti te había descubierto.

Al oír esto Brydon se incorporó; quería verla mejor. Alice le ayudó al notar que deseaba levantarse. Brydon se sentó, acomodándose a su lado en el banco junto a la ventana, cogiendo con su mano derecha la izquierda de Alice.

—Él no me descubrió.

—Tú te descubriste a ti mismo —respondió con una maravillosa sonrisa.

—Ahora sí que me he descubierto, gracias a ti, queridísima. Pero esa bestia, con su espantosa cara, esa bestia es un extraño siniestro. No tiene nada que ver conmigo, ni siquiera con lo que yo habría podido ser —sostuvo Brydon porfiadamente.

Pero ella insistía en aclarar las cosas.

—¿No se reduce todo al hecho de que habrías sido diferente?

Brydon frunció el ceño al oír aquellas palabras.

—¿Tan diferente como ese...?

La mirada lúcida de Alice parecía envolverle.

—¿No querías saber exactamente lo distinto que hubieras podido ser? Por lo menos, así es como te vi esta mañana —dijo ella.

—¿Cómo a él?

—¡Como un extraño siniestro!

—¿Entonces, cómo pudiste saber que se trataba de mí?

—Porque, tal como te dije hace unas semanas, mi cabeza y mi imaginación han estado dándole vueltas a lo que hubieras podido o no hubieras podido ser, así te harás una idea de lo que he pensado en ti. En medio de todo eso te me apareciste, de manera que me fuera posible hallar respuesta a mis preguntas. Por eso lo supe —continuó—, y creí que ya que aquel tema también te obsesionaba a ti, como me dijiste aquel día, también tú llegarías a ver por ti mismo. Cuando esta mañana volví a verlo, supe quién era porque tú, en cierto modo me necesitabas. Me pareció que él me decía eso. Así que ¿por qué razón no iba a gustarme?

Estas palabras obligaron a Brydon a ponerse de pie.

—¿Que te gusta esa cosa horrible...?

—Podría haberme gustado. Y para mí, no era horrible en absoluto. Le había aceptado —dijo.

—¿Aceptado...? —repitió Brydon asombrado.

—Sí; en principio, me interesaba la diferencia. Y como cuando le conocí, no le repudié —como tú, querido, cruelmente hiciste, al enfrentarte, al fin, con esa diferencia—, bueno, pues ya ves, debió de resultarme menos horrible. Y tal vez le agradó que le compadeciera.

Alice estaba de pie junto a él, pero aún le sostenía la mano, aún le ofrecía el apoyo de su brazo. Sin embargo, todo aquello era para él un pequeño descubrimiento.

—¿Te compadeciste de él? —preguntó de mala gana y en un tono de resentimiento.

—Ha sido desgraciado, le han destruido —dijo Alice.

—¿Y acaso no he sido yo desgraciado? ¿Es que a mí no me han destruido? ¡No tienes más que mirarme!

—No estoy diciendo que le prefiera a ti —aclaró después de pensarlo un momento—. Pero él es desdichado, está agotado... y le han sucedido cosas tremendas. No usa, como tú, un encantador monóculo para la vista.

—No —dijo Brydon sorprendido— yo no hubiera podido lucir el mío aquí en Nueva York. Se hubieran burlado de mí.

—Vi sus enormes quevedos convexos para sus pobres ojos arruinados, me di cuenta de qué clase eran y también observé su pobre mano derecha...

—¡Oh! —exclamó Brydon sobresaltado, no se sabe si por el hecho de haber comprobado su identidad o por los dos dedos perdidos—. Bueno, él gana un millón al año —añadió con lucidez—. Pero no te tiene a ti.

—Y él no es... no, ¡él no es... *tú!* —murmuró Alice mientras Brydon la atraía hacia su pecho.

LA BESTIA EN LA JUNGLA

I

Poco importa lo que provocó, en su encuentro, la perturbadora conversación; probablemente sólo fueron unas palabras que él mismo había pronunciado sin intención, pronunciado cuando, tras haberse reconocido, se rezagaron y, juntos, empezaron a caminar lentamente. Hacía una o dos horas que unos amigos le habían acompañado a la casa en que ella se alojaba; el grupo de visitantes de la otra casa, entre los que él se encontraba, había sido invitado a almorzar allí y, según su teoría habitual, ellos eran la causa de que estuviera perdido entre la multitud. Después del almuerzo hubo una desbandada general acorde con el objetivo primordial de la visita: contemplar Weatherend y los delicados objetos, peculiares elementos, cuadros, reliquias familiares y tesoros de las distintas artes que hacían casi famoso aquel lugar. Las enormes habitaciones eran tantas que los invitados podían deambular a su antojo, desprenderse del grupo principal y, cuando estos asuntos se tomaban muy en serio, entregarse a misteriosas apreciaciones y cálculos. Se veían personas, en rincones apartados, solas o en parejas, inclinándose sobre objetos, con las manos en las rodillas y moviendo la cabeza con el mismo énfasis que si olisquearan algo. Cuando había dos, o bien entremezclaban sus exclamaciones de éxtasis o se fundían en silencios todavía más significativos; de modo que para Marcher había detalles en aquella visita que tenían ese aire de «inspección», previo a una venta harto anunciada, que excita o enfría, según los casos, el sueño de la adquisición. El sueño de adquisición tuvo que haber sido desenfrenado en Weatherend, y, entre tantas sugerencias, John Marcher se encontraba casi tan desconcertado por los que sabían demasiado como por los que no sabían nada. La poesía y la historia que aquellas enormes salas suscitaban le abrumaban de tal modo que necesitaba alejarse para establecer con ellas una relación adecuada, aunque su manera de hacerlo no fuera, como sucedía con el perverso regocijo de algunos de sus compañeros, comparable a los movimientos de un perro olfateando un aparador. Muy pronto esta actitud tuvo consecuencias en una dirección imprevista.

En resumen, aquella tarde de octubre le llevó a un encuentro más estrecho con May Bartram, cuyo rostro, como una señal del pasado más que como un recuerdo, había comenzado a turbarle muy placenteramente mientras se sentaban a la gran mesa, distantes entre sí. Le afectaba como la secuela de algo de lo que había perdido el principio. Lo sabía, y de momento lo aceptaba con agrado, como continuación de algo de lo que ignoraba el origen, lo que resultaba interesante o divertido, más aún porque, en cierto modo, también era consciente de que la joven, aunque sin dar señales evidentes, no había perdido el hilo. No lo había perdido, pero vio que no se lo devolvería sin que él alargara la mano para recogerlo; y no vio sólo aquello sino otras muchas cosas; cosas que resultaban extrañas teniendo en cuenta que, cuando el azar de la reunión les puso frente a frente, él simplemente jugaba con la idea de que cualquier contacto entre ellos en el pasado no debía de haber tenido la más mínima importancia. Y si no la había tenido, no alcanzaba a comprender por qué parecía tener tanta importancia el efecto actual que ella le producía; no obstante, la respuesta era que en la vida que todos ellos parecían llevar en aquel momento, uno no podía sino tomar las cosas como venían. Estaba satisfecho, sin poder decir ni remotamente por qué, de que aquella joven dama pudiera haber accedido penosamente a su posición en la casa como una pariente pobre; satisfecho también de que no estuviera allí de paso, sino que fuera en cierto modo miembro de aquel círculo, casi un miembro activo, remunerado. ¿No disfrutaba ella, en ciertos momentos, de una protección, que pagaba ayudando, entre otros servicios, a enseñar el lugar y a explicarlo, a tratar con gente tediosa, a contestar preguntas sobre las fechas de los edificios, los estilos del mobiliario, la autoría de los cuadros o los parajes predilectos del fantasma? Y en cambio, no tenía el aspecto de alguien a quien se le pudieran ofrecer unos chelines; era imposible parecerlo menos. Aun así, cuando se le acercó, evidentemente hermosa aunque mucho mayor —mayor que cuando la había visto anteriormente—, bien pudiera haber sido a consecuencia de haber adivinado que en un par de horas él le había dedicado más pensamientos que a todos los demás juntos y por tanto había intuido una verdad sobre ella que los otros eran demasiado torpes para ver. Estaba allí en condiciones más duras que nadie; estaba allí como resultado de cosas sufridas de un modo u otro en aquel intervalo de años; y ella le recordaba tanto como él a ella, sólo que mucho mejor.

Cuando por fin llegó el momento de hablar, se encontraban solos en una de las habitaciones —extraordinaria por el delicado retrato sobre la chimenea– por la que sus amigos ya habían pasado, y el encanto de la situación era que incluso antes de empezar a hablar ya habían acordado rezagarse para charlar. Felizmente, el encanto estaba también en otras cosas; en cierto modo, en que apenas hubiera un lugar en Weatherend que no tuviera algo por lo que quedarse rezagado; en la forma en que el día otoñal acechaba por las altas ventanas mientras declinaba; en cómo, al atardecer, la luz roja desprendiéndose bajo un cielo encapotado y sombrío, se estiraba en un largo haz y jugueteaba entre viejos frisos, viejas tapicerías, oro viejo, viejos colores. Tal vez estuviera sobre todo en la forma en que ella se le acercó, como si ya que se ocupaba de tratar con los visitantes más comunes, él pudiera, si prefería, restar importancia al asunto, tomar su delicada atención como parte de sus obligaciones. Sin embargo, tan pronto como oyó su voz el hueco se rellenó y recuperó el eslabón perdido. La ligera ironía que adivinó en su actitud cedió terreno y él casi saltó tratando de adelantarse a sus palabras.

—La conocí en Roma hace muchísimos años. Lo recuerdo todo perfectamente.

Y con gran decepción para él, ella le confesó que había tenido la certeza de que no; y para demostrar lo bien que se acordaba empezó a desgranar evocaciones precisas, que surgían a medida que las necesitaba. El rostro y la voz de la mujer, ahora totalmente a su disposición, obraron el milagro; el efecto actuó como la antorcha de un farolero que enciende, uno a uno, una larga fila de quemadores. Marcher se complacía contemplando el brillo de la iluminación, pero lo cierto es que aún le complacía más ver cómo ella sostenía divertida que, en su prisa por aclarar todo, él había confundido la mayor parte. No había sido en Roma, sino en Nápoles; y no habían pasado siete años, sino más bien casi diez. Ella no estaba con su tío y su tía, sino con su madre y su hermano; además, él no había bajado de Roma en compañía de los Pembles, sino de los Boyers, detalle en el que insistió, confundiéndole un poco, y del que tenía evidencia a mano, pues ella había conocido a los Boyers, pero no conocía a los Pembles sino por referencias y fue la gente con la que él estaba quien los había presentado. El incidente de la tormenta que, rugiendo con gran violencia a su alrededor, les obligó a refugiarse en una excavación, no tuvo lugar en el Palacio de los Césares, sino en Pompeya, en cierta ocasión en que se encontraban allí con motivo de un importante hallazgo.

Él aceptó sus correcciones, disfrutó con ellas; aunque ponían de manifiesto, tal como ella señaló, que, en realidad, no la recordaba lo más mínimo; y sólo lamentó el inconveniente de que, una vez aclarados los hechos, no parecía que quedara nada más de que hablar. Pasearon juntos en silencio, ella desatendiendo sus tareas –porque, como Marcher era tan perspicaz, ella no tenía una razón de peso para acompañarle– y ambos desatendiendo la casa, a la espera sólo de la revelación de uno o dos recuerdos más. Después de todo, no les había llevado tanto tiempo poner sobre la mesa las cartas que, como en una baraja, les correspondían jugar a cada uno; lo único que sucedía era que la baraja estaba incompleta; que, naturalmente, el pasado, una vez invocado, invitado, estimulado, no podía darles más de lo que les había dado. Les había llevado a conocerse, ella con veinte años y él con veinticinco; pero lo más extraño, parecían decirse, era que después de ocuparse de aquello, no hubiera hecho algo más en su favor. Se miraban como sintiendo la ocasión perdida; la que ahora tenían hubiera sido mucho mejor si aquella otra, ya lejana, en tierra extraña, no hubiera resultado tan estúpidamente escasa. Aparentemente no habían compartido más de una docena de cositas en total: trivialidades juveniles, tonterías de los pocos años, estupideces de la inexperiencia, pequeños gérmenes en potencia, pero enterrados demasiado profundo, demasiado profundo (¿acaso no lo parecía?) para retoñar después de tantos años. Marcher se decía que debería haberle prestado algún servicio: haberla salvado de un bote a punto de zozobrar en la bahía, o por lo menos haber recuperado el bolso, que un *lazzarone,* armado de un *stiletto,* le hubiera robado del taxi en las calles de Nápoles. Habría sido estupendo que a él le hubieran llevado al hotel con fiebre y, estando allí, solo, ella hubiera venido a cuidarle, a escribirle las cartas familiares y sacarle a pasear durante la convalecencia. De haber sido así, tendrían alguna que otra cosa en común que en la presente ocasión se echaba en falta. No obstante, la oportunidad se presentaba, en cierto modo, como algo demasiado bueno para que se malograra; así que durante unos minutos más se vieron reducidos a preguntarse un poco inútilmente por qué, si parecían tener un cierto número de conocidos comunes, habían tardado tanto en volverse a encontrar. No lo dijeron abiertamente, pero su progresiva demora en unirse a los demás era un modo de confesar que no deseaban que el encuentro fracasara. Las supuestas razones que daban para no haberse encontrado sólo demostraban lo poco que se conocían. De hecho, llegó un momento en que Marcher sintió una auténtica punzada de angustia. En vano pensar que, faltándoles tantas vivencias en común, fuera una vieja amiga; pero a pesar de ello también él percibió que le hubiera gustado que lo fuese. Tenía bastantes amigos nuevos, estaba rodeado de ellos; por ejemplo, en la otra casa y, como amistad reciente, posiblemente no le habría prestado ninguna atención. Le habría encantado inventarse algo, hacerle creer que, en un principio, hubo entre ellos algún episodio romántico o crítico. Lo cierto es que exprimía su imaginación, luchando contra el tiempo para encontrar algo que sirviera, y se decía que, si no se le ocurría nada, este nuevo incidente terminaría sencilla y torpemente. Se separarían y ya no habría segunda ni tercera oportunidad. Lo habrían intentado sin éxito. Fue entonces, en aquel preciso momento, como después se dio cuenta, cuando, agotados todos los recursos, ella decidió hacerse cargo del caso y, de hecho, salvar la situación. Tan pronto como empezó a hablar, él notó que había estado ocultando conscientemente lo que ahora decía, esperando haberlo podido soslayar; una delicadeza que le conmovió enormemente cuando, minutos más tarde, fue capaz de valorarlo. En todo caso, lo que ella manifestó aligeró el ambiente y les proporcionó el eslabón, el eslabón que, sin saber cómo, él se había ingeniado para perder de modo tan frívolo.

—Usted sabe que me dijo algo que no he olvidado jamás y que desde entonces me ha hecho pensar en usted repetidas veces; fue aquel calurosísimo día en que fuimos a Sorrento atravesando la bahía en busca de brisa. Estoy aludiendo a lo que me dijo cuando regresábamos, mientras, sentados bajo el toldo del bote, disfrutábamos del aire fresco. ¿Lo ha olvidado?

Lo había olvidado y estaba incluso más sorprendido que avergonzado. Pero lo realmente importante fue advertir que no se trataba del recuerdo vulgar de una conversación «amorosa». La vanidad femenina tiene una dilatada memoria, pero ella no le reclamaba un cumplido ni denunciaba un error. De una mujer totalmente distinta podía haberse temido incluso la posible evocación de alguna «proposición» tonta. Por eso, al tener que admitir que realmente lo había olvidado, tuvo mayor sensación de pérdida que de ganancia; entonces percibió el interés del asunto al que ella se refería.

—Intento pensar, pero me rindo. A pesar de todo, recuerdo el día en Sorrento.

—No estoy muy segura de que se acuerde —dijo May Bartram un momento después—, y tampoco estoy muy segura de desear que usted lo haga. Es espantoso devolver a una persona, en un momento dado, a lo que fue diez años atrás. Si usted lo ha superado, muchísimo mejor —sonrió.

—Oh, si no lo ha superado usted, ¿cómo iba a hacerlo yo? —preguntó él.

—¿Quiere usted decir superado, lo que yo misma era?

—Superado lo que *yo* fui. Desde luego, fui un asno —continuó Marcher—, pero, ya que usted tiene su propia opinión, preferiría saber exactamente qué clase de asno fui en lugar de quedarme sin saber nada.

Sin embargo, ella dudaba aún.

—Pero, ¿y si usted ha dejado por completo de ser así...?

—Entonces, lo podré soportar mucho mejor. Además, tal vez no he dejado de serlo.

—Tal vez, aunque si no hubiera dejado de serlo, supongo que lo recordaría. Por supuesto no es que yo asocie ni por lo más remoto mi impresión con el ofensivo nombre que usted ha utilizado. Si se me hubiera ocurrido que era un necio —explicó—, el asunto del que ahora hablo no me habría causado tan honda impresión. Fue algo sobre usted mismo.

Esperó, como si él fuera a recordar; pero como Marcher no dio señales de hacerlo al encontrar su mirada interrogante, ella decidió quemar las naves.

—¿Ha sucedido ya?

Fue entonces, mientras mantenía fija la mirada, cuando se le hizo la luz y la sangre le afluyó lentamente al rostro, que enrojeció al reconocer de qué se trataba.

—¿Trata de decirme que yo le conté...? —Pero titubeó, por miedo a que no fuera lo que estaba pensando, por miedo a delatarse.

—Era algo sobre usted que, naturalmente es imposible de olvidar si se le recuerda a usted. Por eso le pregunto si lo que me contó ha sucedido ya —sonrió.

Oh, entonces se dio cuenta, pero estaba atónito y se sentía incómodo. También era consciente de que su estado provocaba la compasión de su compañera, como si la alusión hubiera sido un error. Sin embargo, no le llevó más de un momento advertir que se trataba más bien de una sorpresa que de un error. Por el contrario, pasada la primera impresión, empezó a parecerle extrañamente delicioso que ella lo supiera. Era la única persona en el mundo que lo sabía y lo había sabido durante todos aquellos años, mientras que a él, inexplicablemente, se le había borrado el haber revelado de aquel modo su secreto. No era raro que su reencuentro no hubiera sido el de dos extraños.

—Me parece que sé a qué se refiere —dijo al fin—. Sólo que curiosamente yo había perdido la conciencia de haberle hecho partícipe hasta tal punto de mis confidencias.

—¿Se debe quizás a que lo ha hecho también a otros muchos?

—No se lo he contado a nadie, absolutamente a nadie, desde entonces.

—¿Así que soy la única persona que lo sabe?

—La única en el mundo.

—Bien —contestó rápidamente—, yo no lo he contado jamás. Nunca jamás he repetido lo que usted me reveló sobre sí mismo. –Sus ojos dejaban lugar a pocas dudas. Un instante después, sus miradas se encontraron de tal forma que ya no le cupo ninguna–. Y nunca lo haré.

Ella hablaba con gravedad casi excesiva, lo que le hizo descartar una posible intención de burla. En cierto modo, todo aquel asunto era un lujo nuevo para él; y lo era desde el momento en que ella lo había asumido. Si no adoptaba una actitud irónica, quería decir que obviamente se solidarizaba y eso era precisamente lo que nadie había hecho en todo aquel largo tiempo. Se daba cuenta de que ahora hubiera sido incapaz de empezar a contárselo y, sin embargo, tal vez podía beneficiarse intensamente de la circunstancia de habérselo contado hacía tanto tiempo.

–Entonces, por favor, no lo haga. Estamos perfectamente así.

–¡Oh, yo lo estoy si usted lo está! –a lo que añadió–: ¿Todavía sigue sintiéndose igual?

Le era imposible no darse cuenta de que tenía auténtico interés y todo le aparecía como una forma de revelación. Se había creído espantosamente solo durante tanto tiempo y, ¡mira por dónde!, no estaba solo en absoluto. Aparentemente no lo había estado ni una hora desde aquellos momentos en el bote de Sorrento. Al mirarla, le pareció ver que era ella la que había estado sola debido a su torpe falta de fidelidad. El contarle lo que le había contado ¿no había sido acaso una forma de petición? Algo a lo que ella había respondido con generosidad sin que él, a falta de otro encuentro, se lo hubiera agradecido siquiera con un recuerdo o una gratificación espiritual. Lo que le había pedido en un principio era simplemente que no se burlara de él. Admirablemente no lo había hecho durante diez años y ahora seguía sin hacerlo; así que, en recompensa, le debía eterna gratitud. Únicamente debía averiguar qué imagen tenía de él.

—¿Qué le conté exactamente...?

—¿De cómo se sentía? Bien, fue muy sencillo. Me dijo que desde muy temprana edad había tenido la profunda convicción de estar predestinado para algo excepcional e insólito, seguramente prodigioso y terrible, que tarde o temprano le sucedería; que lo presentía en lo más hondo de su ser y estaba convencido de ello, y que tal vez aquello le aplastaría.

—¿Y a eso le llama usted muy sencillo? —preguntó John Marcher.

Ella reflexionó un momento.

—Tal vez fuera porque a medida que usted hablaba, me parecía entenderlo.

—¿Lo entendía de verdad? —preguntó con vehemencia.

Volvió a fijar en él su comprensiva mirada.

—¿Sigue teniendo la misma convicción?

—¡Oh! —exclamó débilmente. Había demasiado que decir.

—Cualquier cosa que hubiera de ocurrir, no ha sucedido todavía —concluyó ella claramente.

Movió la cabeza con absoluto abandono.

—Aún no ha sucedido. Únicamente que, como usted sabe, no se trata de algo que *yo* tenga que hacer, que vaya a lograr en el mundo, algo por lo que se me distinga o admire. No soy tan imbécil como para pensar eso. Sin duda, sería mucho mejor si lo fuese.

—¿Se trata de algo que vaya simplemente a padecer?.

—Bueno, digamos algo que hay que esperar; algo con lo que debo encontrarme, afrontar y ver cómo de repente irrumpe en mi vida; seguramente destruyendo toda conciencia ulterior; posiblemente aniquilándome. Por otro lado, puede que únicamente actúe transformándolo todo, atacando por completo la base de mi mundo y abandonándome a las consecuencias que puedan desencadenarse.

Le escuchaba, pero el brillo de su mirada continuaba sin ser de burla.

—¿No estará quizás describiendo tan sólo la espectativa o, en todo caso, la sensación de peligro, común a tanta gente, de enamorarse?

—¿No me preguntó eso en el pasado? —dijo John Marcher.

—No; entonces no era tan abierta ni tan clara. Pero es lo que ahora se me ocurre.

—Claro que se le ocurre —dijo él pasado un momento—. Claro, a mí también se me ocurre. Puede ser que, naturalmente, lo que me esté reservado sea tan sólo eso. Lo único que creo es que de haber sido así —continuó— ya me hubiera enterado a estas alturas.

—¿Lo dice usted porque ha estado enamorado? —Y entonces, como él no hizo sino mirarla en silencio, continuó—: ¿Ha estado enamorado y no ha significado tal cataclismo?, ¿no ha resultado ser el gran acontecimiento?

—Ya ve que sigo aquí. No ha sido apabullante.

—Entonces, no ha sido amor —dijo May Bartram.

—Bueno, al menos, pensé que lo era. Así lo consideré y lo he seguido considerando hasta ahora. Fue agradable, delicioso, triste —aclaró—. Pero no fue extraordinario. No fue lo que *mi* gran acontecimiento ha de ser.

—¿Desea usted algo completamente suyo, algo que nadie más conozca o haya conocido?

—No se trata de lo que yo «desee»; bien sabe Dios que no deseo nada. Se trata tan sólo del temor que me obsesiona, con el que vivo día a día.

Lo dijo de forma tan lúcida y contundente que, obviamente, aquello se imponía por sí mismo. Si ella no hubiera estado interesada con anterioridad, se habría interesado entonces.

—¿Es una sensación de violencia inminente?

Evidentemente, también ahora le volvía a gustar hablar de ello.

—No tengo la impresión de que, cuando llegue, sea necesariamente violento. Pienso en ello como algo natural y, sobre todo, inconfundible; simplemente pienso en ello como *la cosa. La cosa* en sí parecerá algo natural.

—Entonces, ¿cómo va a resultar extraordinario?

Marcher reflexionó. —Para *mí*, no lo será.

—Así pues, ¿para quién?

—Bueno —contestó, sonriendo por fin— digamos que para usted.

—Ah, entonces, ¿tengo que estar presente?

—Pero, puesto que lo sabe, usted está presente.

—Ya veo —observó ella—. Pero me refiero, en la catástrofe.

Por un momento, al llegar a este punto, la ligereza dio paso a la gravedad; fue como si la prolongada mirada que intercambiaron les mantuviera juntos.

—Sólo dependerá de usted, de si quiere velar conmigo.

—¿Tiene miedo? —preguntó ella.

—No me abandone *ahora* —continuó él.

—¿Tiene miedo? —repitió.

—¿Cree usted que estoy simplemente loco? —porfió, en lugar de contestar—. ¿Le conmuevo tan sólo como un lunático inofensivo?

—No —dijo May Bartram—. Le comprendo. Le creo.

—¿Quiere decir que siente cómo mi obsesión, ¡esa pobre cosa!, puede relacionarse con alguna posible realidad?

—Con alguna posible realidad.

—Entonces, ¿velará usted conmigo?

Dudó; luego, volvió a formular su pregunta por tercera vez.

—¿Tiene miedo?

—¿Le dije en Nápoles que lo tenía?

—No, no me dijo nada de eso.

—Entonces, no lo sé. Y me *gustaría* saberlo —dijo John Marcher—. Usted misma me dirá si cree que lo tengo. Ya lo descubrirá si vela conmigo.

—Muy bien.

Para entonces, habían atravesado la habitación y, antes de cruzar la puerta, se detuvieron junto a ella como para dar por concluido su acuerdo.

—Velaré a su lado —dijo May Bartram.

II

El hecho de que ella «supiera», supiera y aún así no se burlara ni le traicionara, había hecho surgir entre ellos, en poco tiempo, un vínculo perceptible que fue pronunciándose cada vez más cuando, a lo largo del año siguiente a su tarde en Weatherend, se multiplicaron las oportunidades de estar juntos. El acontecimiento que auspició estas ocasiones fue la muerte de la anciana señora, su tía abuela, bajo cuyas alas había encontrado refugio a la muerte de su madre y quien, aunque sólo era la madre viuda del nuevo heredero de la propiedad, había logrado, gracias a una gran dignidad y a un fuerte carácter, no ceder la suprema posición dentro de la gran casa.

La caída de este personaje llegó sólo con la muerte, que, seguida de muchos cambios, marcó una diferencia en concreto para la joven en quien la experta atención de Marcher había reconocido desde el principio una subordinada con un orgullo capaz de sufrir, pero no de encolerizarse.

Durante una temporada, nada consiguió aliviarle tanto como pensar que la aflicción de Miss Bartram debía haberse suavizado mucho al encontrarse ahora en posición de montar su pisito en Londres. El dinero, que hacía posible aquel lujo, le había llegado a través del complicadísimo testamento de su tía, y, cuando, tras un cierto tiempo, comenzó a desenmarañarse todo aquel asunto, ella le comunicó que el feliz resultado estaba por fin a la vista. Él la había vuelto a ver después de aquel día; por un lado, May había acompañado a la anciana a la ciudad en más de una ocasión y, por otro, él había vuelto a visitar a los amigos que tan oportunamente convertían a Weatherend en uno de los encantos de su propia hospitalidad. Estos amigos le habían llevado allí de nuevo y él había conseguido una vez más tener un discreto aparte con Miss Bartram. En Londres, había logrado persuadirla para que dejara sola a su tía algún que otro ratito. En estas últimas ocasiones, iban juntos a la National Gallery y al museo de South Kensington, donde, entre vívidas evocaciones, conversaban largamente sobre Italia, sin tratar ahora, como al principio, de recuperar el sabor de su juventud e inexperiencia. Lo recuperado, aquel primer día en Weatherend, había cumplido bien su objetivo; sin duda les había dado bastante; así pues, a juicio de John Marcher, ya no estaban dando vueltas a las fuentes de su arroyo, sino que sentían su bote impulsado con fuerza corriente abajo. Literalmente estaban a flote juntos; para nuestro caballero aquello era evidente, como también lo era que el feliz motivo de aquella situación se debiera únicamente al tesoro enterrado de lo que May Bartram sabía.

Él había desenterrado con sus propias manos y sacado a la luz este pequeño tesoro (es decir, lo había puesto al alcance de la tenue claridad surgida de las discreciones e intimidades de ambos), el valioso objeto que él mismo enterró y de cuyo escondite se había olvidado extrañamente durante tanto tiempo. La maravillosa suerte de aquel renovado hallazgo, le dejaba indiferente para cualquier otro asunto; sin duda habría dedicado más tiempo al extraño accidente de su lapsus de memoria si no se hubiera sentido inclinado a entregarse a la dulzura y consuelo futuro que, según él lo sentía, el propio accidente había ayudado a mantener vivo. Jamás había entrado en sus planes el que alguien lo «supiera»; fundamentalmente, porque no tenía intención de contárselo a nadie. Habría sido imposible porque sólo hubiera servido de pasatiempo a una sociedad indiferente. Sin embargo, puesto que, aun a su pesar, un misterioso sino le había abierto la boca en la juventud, lo consideraría como una compensación y le sacaría el máximo provecho. Que la persona adecuada lo supiera, suavizaba la aspereza de su secreto incluso más de lo que su timidez le había permitido imaginar; y May Bartram era claramente la persona adecuada, porque... bueno, porque lo era. El que ella lo supiera, zanjaba sencillamente el asunto; si no hubiera sido la persona adecuada, él lo habría sabido con seguridad para entonces. Sin duda, aquello era lo que, en su situación le predisponía, tal vez en exceso, a verla como una simple confidente, aceptando la luz que le ofrecía, por el hecho, y únicamente por eso, del interés que ella mostraba en su caso; por su compasión, simpatía, seriedad y por haber condescendido a no considerarle el más cómico de los cómicos. En resumen, consciente de que el valor que ella tenía para él residía precisamente en la sensación permanente de asombrosa protección que le ofrecía, no olvidaba que, a pesar de todo, ella tenía también su propia vida, que podían ocurrirle cosas, cosas que en la amistad también debían tenerse en cuenta. En relación con eso, le sucedió algo absolutamente extraordinario, algo simbolizado por una especie de travesía mental repentina y de un extremo al otro.

Él se había creído, sin que nadie lo supiera, la persona más abnegada del mundo, llevando su concentrada carga, su perpetua ansiedad siempre tan silenciosamente, manteniendo sus labios sellados, no dejando que los otros vislumbrasen aquello ni el efecto que producía en su vida, no pidiéndoles concesiones y, por su parte, haciendo todas las que le pedían. No había molestado a nadie con la excentricidad de tener que conocer a un hombre obsesionado, aunque había pasado por momentos en los que estuvo bastante tentado de hacerlo, como cuando oía a la gente decir que se sentía «desequilibrada». Si hubieran estado tan desequilibrados como él –él, que no había tenido un momento de equilibrio en toda su vida–, sabrían lo que aquello significaba. Aun así, no era asunto suyo enseñárselo y les escuchaba con bastante cortesía. Por eso tenía tan buenos modales, aunque sin duda más bien fríos; razón por la que, en un mundo avaricioso, podía contemplarse a sí mismo como un ser decentemente, aunque en realidad tal vez un poco exaltado, generoso. En consecuencia, nuestra opinión es que valoraba esta cualidad de su carácter lo bastante como para calcular el peligro actual de permitir que se deteriorase, y contra lo que prometió mantenerse firmemente en guardia. No obstante, estaba dispuesto a ser sólo un poco egoísta, pues con seguridad jamás se le había presentado una oportunidad de serlo más atractiva que ésta. En una palabra, «sólo un poco» era justo aquello que Miss Bartram le permitiera, entre un día y otro. Jamás la coaccionaría lo más mínimo y tendría bien presente las líneas en las que debería reflejarse la consideración altísima que tenía de ella. Establecería con minucia los epígrafes bajo los que los asuntos, peticiones y peculiaridades (se permitió darles la amplitud de aquel nombre) de May Bartram entrarían en sus futuras relaciones. Naturalmente, todo esto era una señal de que daba por sentado que habría una relación. No cabía hacer nada al respecto. Simplemente existía; había surgido con aquella primera pregunta desgarradora que ella le hizo bajo la luz otoñal, allí, en Weatherend. La forma real que debiera haber adoptado, basándose en la pervivencia de la relación, era la del matrimonio. Pero lo malo era que aquello mismo en lo que se basaba hacía imposible el matrimonio. En resumen, no podía invitar a una mujer a que compartiera su situación de condena, temor y obsesión; y el resultado de aquello era precisamente lo que le preocupaba. Algo se ocultaba, acechándole, entre el ir y venir de los meses y los años, como una bestia agazapada en la jungla. Poco importaba si la bestia agazapada estaba destinada a matarle o a morir. El punto decisivo era el inevitable salto de la criatura; y la lección decisiva que había que extraer era que un hombre con sensibilidad no se hace acompañar por una dama a una cacería de tigres. Tal era la imagen bajo la que había acabado por representar su vida.

No obstante, al principio, en las desperdigadas horas que pasaron juntos, no habían aludido a esa imagen; señal de que estaba generosamente dispuesto a demostrar que no esperaba —ni en realidad le importaba— estar siempre hablando de aquel tema. Ese rasgo aparente de uno es como una joroba en la espalda. La diferencia que implicaba existía cada minuto del día, independientemente de que se hablara o no de ello. Por supuesto, uno argumentaba como un jorobado porque, aunque no fuera por otra cosa, la cara del jorobado estaba siempre allí. Eso perduraba y ella le observaba; pero como, en general, se observa mejor en silencio, su vigilia adoptaría predominantemente esa forma. Al mismo tiempo, y aun así, no quería ser solemne; creía que tendía a mostrarse demasiado solemne con los demás. Había que ser claro y natural con la única persona que lo sabía –aludir a ello más que dar la impresión de evitarlo, evitarlo más que dar la impresión de hacerlo–, y, en cualquier caso, conservarlo, fresco e incluso divertido antes que pedante y lúgubre. Consideraciones de aquella índole estaban sin duda en su mente cuando, por ejemplo, escribió amablemente a Miss Bartram que el gran acontecimiento, que durante tanto tiempo creyó en manos de los dioses, no era sino el incidente, que tan de cerca le tocaba, de su adquisición de la casa en Londres. Aun así, fue la primera alusión que habían vuelto a hacer, no habiendo necesitado ninguna otra hasta la fecha; pero cuando, tras informarle de cómo iban las cosas, le respondió que no estaba en absoluto satisfecha con que aquella trivialidad fuera el climax de una expectativa tan especial, casi le obligó a preguntarse si no tendría ella incluso mayor concepto de su singularidad del que él tenía sobre sí mismo. De todos modos, a medida que pasaba el tiempo, estaba destinado a darse cuenta, poco a poco, de que ella observaba su vida tan constantemente, juzgándola y midiéndola, a la luz de lo que sabía, que con el paso de los años, aquello llegó por fin a no mencionarse nunca entre ellos, salvo como «su auténtica verdad». Ésa había sido siempre la forma que él tenía de nombrarlo, pero ella se había plegado a esa forma tan discretamente que, mirando atrás desde el final de una etapa, él sabía que no era perceptible el momento en que, como él diría, May había penetrado su circunstancia o cambiado su actitud de hermosa indulgencia por la más hermosa aún de creer en él.

Siempre estaba dispuesto a acusarla de que lo consideraba el más inofensivo de los maníacos, y a la larga –puesto que duró tanto tiempo– fue la descripción más sencilla de su amistad. Ella pensaba que a él le faltaba un tornillo pero, a pesar de eso, le gustaba y, frente al resto del mundo, era prácticamente su amable y sabia guardiana, sin remuneración pero bastante entretenida y, a falta de otros vínculos más cercanos, ocupada sin descrédito. El resto del mundo le consideraba un excéntrico, pero ella, y nadie más que ella sabía cómo y, ante todo, por qué era un excéntrico y aquel conocimiento le permitía, por tanto, disponer el velo encubridor con los pliegues correctos. Ella aceptaba la animación que él le ofrecía —puesto que entre ellos debía pasar por animación— como aceptaba todo lo demás; pero ciertamente ella, con su inequívoca sensibilidad, se daba perfecta cuenta de la exquisita percepción que Marcher tenía del extremo al que había llegado a persuadirla. Ella, por lo menos, nunca se refería al secreto de su vida salvo como «la auténtica verdad sobre usted» y, en realidad, tenía un modo maravilloso de hacer que pareciera que, como tal, era también el secreto de su propia vida. Aquel era, en resumen, el modo cómo Marcher percibía constantemente que ella le asumía. En general, no podía llamarlo de otra manera. Él se tomaba en cuenta a sí mismo, pero ella, con exactitud, le tomaba en cuenta mucho más todavía; en cierto modo porque, con mejor perspectiva para ver el asunto, rastreaba su desgraciada perversión en etapas de su desarrollo que él difícilmente podía seguir. Él sabía cómo se sentía, pero, además ella sabía también el aspecto que tenía al sentirlo; sabía cada una de las cosas importantes que insidiosamente se abstenía de hacer, pero ella podía calcular la suma a la que ascendían, comprender cuánto podía haber hecho si su espíritu no hubiera tenido que soportar un peso tan abrumador, y en consecuencia establecer cómo, a pesar de ser inteligente, no alcanzaba a entender ciertas cosas. Ella conocía sobre todo el secreto que encerraban las diferentes posturas que él adoptaba: en su pequeña oficina gubernamental, en la administración de su patrimonio, en el cuidado de su biblioteca, de su jardín en el campo, con la gente de Londres cuyas invitaciones aceptaba y devolvía, y el despego que se ocultaba tras ellas y que convertía todo su comportamiento, todo lo que de algún modo podía llamarse comportamiento, en un acto de permanente disimulo. Había acabado poniéndose una máscara pintada con el rictus social de la sonrisa, a través de cuyos orificios asomaba la expresión de una mirada que no casaba en absoluto con el resto de las facciones. El necio mundo, incluso después de tantos años, nunca había llegado a descubrirlo por completo. May Bartram era la única que lo había hecho y, con un arte indescriptible, había logrado la hazaña de encontrarse al mismo tiempo, o tal vez sólo alternativamente, con los ojos frente a ella y fundir su propia visión, como por encima del hombro, con los ojos que atisbaban por los orificios.

Así, mientras envejecían juntos, vigilaba con él y dejó que la alianza que componían diera forma y color a su propia existencia. También bajo sus modales aprendió a instalarse el desapego, y su comportamiento, en el sentido social, se convirtió en una falsa expresión de sí misma. Sólo había una expresión suya que hubiera podido ser verdadera en todo momento y que, directamente no podía manifestar a nadie, y menos que a nadie a John Marcher. Toda su actitud era una declaración virtual, pero para él, aquella percepción parecía estar destinada sólo a ocupar su lugar como una de las muchas cosas expelidas necesariamente de su conciencia. Además, si, como él, ella debía ofrecer sacrificios a la auténtica verdad de ambos, había que dar por sentado que la recompensa a tales sacrificios podría haber tenido para May un efecto más inmediato y natural. En esta etapa de Londres, hubo largos períodos en los que, cuando estaban juntos, un extraño podría haberles escuchado sin aguzar el oído lo más mínimo; por otra parte, la auténtica verdad podía igualmente emerger a la superficie en cualquier momento y entonces el oyente se hubiera preguntado, en verdad, de qué estaban hablando. Desde un principio habían resuelto que la sociedad era, afortunadamente, poco inteligente, y el margen que esto les concedía se había convertido justificadamente en uno de sus lugares comunes. No obstante, aún había momentos en que la situación volvía a ser casi nueva, generalmente bajo el efecto de alguna expresión que ella misma formulaba. Sin duda, sus expresiones se repetían, pero los intervalos eran amplios.

—Lo que nos salva, sabe, es que respondemos por completo a una apariencia muy común: la del hombre y la mujer cuya amistad se ha convertido en un hábito tan cotidiano como para ser al fin indispensable.

Éste era, por ejemplo, uno de los comentarios que había tenido oportunidad de hacer con bastante frecuencia, aunque lo exponía de modo diferente según la ocasión. Lo que nos atañe en especial es el giro que ella dio a uno de ellos en el transcurso de una tarde en que Marcher había ido a verla con motivo de su cumpleaños. El aniversario había coincidido con un domingo de una temporada de niebla densa y ambiente general sombrío; pero John le había traído su acostumbrada ofrenda, porque la conocía ya desde hacía el tiempo suficiente como para haberse establecido entre ellos cientos de pequeños hábitos. El regalo que le hacía en su cumpleaños era un modo de probarse a sí mismo que no se había sumido en el más absoluto egoísmo. En su mayor parte, sólo se trataba de pequeñas bagatelas, pero dentro de su estilo siempre era algo fino y, sistemáticamente, tenía cuidado de pagar por ello más de lo que pensaba que se podía permitir.

—Al menos, nuestro hábito le pone a salvo ¿no se da cuenta?; porque después de todo, para la gente común, le hace indistinguible de los demás hombres. ¿Cuál es el distintivo más arraigado de los hombres en general? Pues, la capacidad de pasar un tiempo ilimitado con mujeres insulsas; no diría que lo pasan sin aburrirse, pero no les importa, es decir no cambian por ello bruscamente de actitud; lo que resulta lo mismo. Yo soy su mujer insulsa, una parte del pan cotidiano por el que reza en la iglesia. Eso borra sus huellas mejor que ninguna otra cosa.

—¿Y qué borra las suyas? —preguntó Marcher, a quien su insulsa mujer podía casi siempre divertir hasta aquel punto—. Desde luego, me doy cuenta de lo que quiere decir con lo de salvarme de alguna forma, frente a los demás: me he dado cuenta desde el principio. Pero ¿qué le salva a *usted*? Sabe muy bien que pienso en ello a menudo.

Daba la impresión de que a veces también ella lo pensaba, pero de muy distinta manera.

—¿Quiere decir en lo que respecta a la gente?

—Bueno, realmente se ha implicado tanto en mi vida como una especie de consecuencia de haberme implicado yo en la suya. Quiero decir que siento una gran estima por usted y le estoy inmensamente agradecido por todo lo que ha hecho por mí. A veces me pregunto si es totalmente justo. Quiero decir si es justo haberla involucrado así y, si se me permite decirlo, interesado. Me siento casi como si no le hubiera quedado realmente tiempo para hacer nada más.

—¿Para nada más que estar interesada? —preguntó—. ¿Oh, ¿y qué otra cosa podría desear hacer? Si he estado «velando» con usted, tal como acordamos hace mucho tiempo, la vigilia es siempre absorbente en sí misma.

—Desde luego —dijo John Marcher—. ¡Si no hubiera tenido esa curiosidad! Pero, ¿no se le ocurre a veces, a medida que pasa el tiempo, que su curiosidad no está siendo visiblemente recompensada?

May Bartram hizo una pausa.

—¿Por casualidad me lo pregunta porque siente que la suya no lo ha sido? Quiero decir, por tener que esperar tanto tiempo.

Comprendió muy bien lo que ella quería decir.

—¿A que suceda la cosa que nunca sucede? ¿A que salte la bestia? No, mi actitud respecto a eso no ha cambiado. No es un asunto en el que pueda *elegir* o decidir un cambio. No se trata de algo que *pueda* ser alterado. Está en manos de los dioses. Y uno está sujeto a sus propias reglas: así es como se está. En cuanto a la forma que tomen esas reglas y el modo en que actúen, es asunto de ellas.

—Sí —contestó Miss Bartram—, claro que el propio destino se cumple; claro que no ha dejado de cumplirse, a su propio modo y manera. Sólo que, ¿sabe?, en su caso, el modo y la manera de cumplirse deberían haber sido algo... bueno, tan excepcional y, podríamos decir, tan exclusivamente personal, que...

Al oír esto, algo le obligó a mirarla con desconfianza.

—Dice que «debería haber sido», como si en su corazón hubiera empezado a dudar.

—¡Oh! —protestó ella vagamente.

—Como si creyera —continuó— que nada sucederá ya.

May movió la cabeza lentamente, pero permaneció insondable.

—Está muy lejos de lo que pienso.

Él continuó mirándola.

—¿Qué es lo que le pasa entonces?

—Bien —respondió tras otra pausa—, lo que me pasa sencillamente es que estoy más segura que nunca de que mi curiosidad, como usted la llama, será recompensada con creces.

Ahora estaban francamente serios; él se había levantado de su asiento y una vez más daba vueltas por el saloncito en el que, año tras año, sacaba a relucir su inevitable tópico; en el que, como él hubiera dicho, había saboreado una íntima armonía en cada sugerencia; donde cada objeto le resultaba tan familiar como los de su propia casa y las mismísimas alfombras estaban tan desgastadas por su vacilante caminar como las mesas de las viejas contadurías lo están por generaciones de codos de contables. Las generaciones de sus inestables estados de ánimo habían trabajado allí y aquel lugar era la historia escrita de toda su vida adulta. Bajo la impresión de lo que su amiga acababa de decir, se sintió, por algún motivo, más consciente de estas cosas, por lo que tras una pausa, volvió a detenerse frente a ella.

—¿Es posible que haya llegado a tener miedo? —preguntó.

—¿Miedo?

Al oírla repetir la palabra, Marcher pensó que su pregunta había alterado ligeramente el color en el rostro de May; así que temeroso de haber dado de lleno en una verdad, explicó muy amablemente:

—Como recordará, eso fue lo que me preguntó hace tanto tiempo, aquel día en Weatherend.

—Oh sí, y usted me dijo que no sabía, que tendría

que verlo yo misma. Hemos hablado muy poco de eso desde entonces, a pesar del tiempo transcurrido.

—Precisamente —intervino Marcher— como si efectivamente fuera un asunto demasiado delicado para tratarlo con libertad. Como si presionados por ello, pudiéramos descubrir que tengo miedo. Porque entonces —dijo— tal vez no sabríamos qué hacer, ¿verdad?

De momento, no contestó a esta pregunta.

—Hubo días en los que pensé que tenía miedo. Únicamente que, por supuesto, ha habido días en los que hemos pensado casi de todo —añadió.

—De todo, ¡oh! —Marcher gimió suavemente con un jadeo medio extinguido, frente al rostro, más descubierto entonces de lo que había estado durante mucho tiempo, de la fantasía que siempre les acompañaba y que, en incontables ocasiones, tenía en la mirada un destello feroz, como si fueran los propios ojos de la Bestia, y, acostumbrado a ellos como lo estaba, aún podían arrancarle el tributo de un suspiro que emergía de las profundidades de su ser. Todo lo que habían pensado, al principio y al final, rodaba a su alrededor; el pasado parecía haberse reducido a una mera especulación estéril. En realidad, le parecía que aquello era lo que colmaba el lugar: la simplificación de todo excepto del estado de alerta. Solamente quedaba eso, colgando en el vacío que lo rodeaba. Incluso su miedo inicial, si había sido miedo, se había perdido en el desierto.

—No obstante, me figuro que ya ve que ahora no tengo miedo —continuó.

—Lo que veo es que, como yo lo percibía, ha logrado algo casi sin precedentes en su modo de acostumbrarse al peligro. Al vivir tanto tiempo y tan íntimamente con él, ha dejado de sentirlo como tal; sabe que está ahí, pero es indiferente e incluso ha dejado de silbar en la oscuridad como hacía antes. Teniendo en cuenta de qué peligro se trata —May Bartram concluyó—: yo diría que no creo que su actitud pueda superarse.

—¿Es heroica? —John Marcher esbozó una tenue sonrisa.

—Por supuesto, puede llamarlo así.

—¿Soy, entonces, un hombre valeroso? —reflexionó.

—Eso es lo que iba a demostrarme.

Sin embargo, continuó preguntándose.

—¿Pero acaso el hombre valeroso no sabe lo que teme y lo que no teme? Yo no lo sé. No logro enfocarlo. No puedo nombrarlo. Sólo sé que estoy expuesto.

—Sí, pero expuesto —cómo lo diría— directa e íntimamente. De eso estoy totalmente segura.

—¿Tan segura como para estar convencida, en lo que podríamos llamar el final de nuestra vigilia, de que no tengo miedo?

—No tiene miedo. Pero no es el final de nuestra vigilia. Es decir, no es el final de la suya. Aún le queda todo por ver —dijo.

—Entonces, ¿por qué a usted no? —preguntó. Durante todo el día había tenido la sensación, y aún la tenía, de que le ocultaba algo. Como ésta había sido la primera impresión, marcó una especie de hito. El caso fue aún más manifiesto al no contestar ella inmediatamente a su pregunta; lo que a su vez le dio pie para continuar—: Usted sabe algo que yo no sé. —Entonces su voz, para ser la de un hombre valeroso, tembló ligeramente—. Sabe lo que va a suceder. —El silencio y la expresión del rostro de May que eran casi una confesión, le afianzaron en su ideal—: Lo sabe y teme decírmelo. Es tan malo que teme que lo descubra.

Todo esto podría ser cierto, porque a ella le parecía como si, de improviso, él hubiera atravesado una línea misteriosa que ella secretamente hubiera trazado a su alrededor. Aun así, May no debería, después de todo, haberse preocupado, y la culminación real de aquello era que, de todos modos, él tampoco debería hacerlo.

—Jamás lo averiguará.

III

Sin embargo, tal como he dicho, todo esto iba a marcar un hito. Se revelaba en cómo, repetidamente, incluso tras largos intervalos, otras cosas que sucedieron entre ellos mostraban, en relación a aquel momento, un carácter de recuerdo y consecuencia. Su efecto inmediato había sido obviamente, el de aligerar la insistencia, casi el de provocar una reacción; como si el asunto que compartían hubiera caído por su propio peso y como si, además, por aquel motivo, Marcher hubiera recibido una de sus ocasionales advertencias contra el egotismo. Sentía que, en general, había mantenido alerta muy decentemente su conciencia sobre la importancia de no ser egoísta; y era verdad que nunca había pecado en esta dirección sin intentar, casi de inmediato, inclinar la balanza al otro lado. Si la temporada lo permitía, reparaba con frecuencia su falta invitando a su amiga a acompañarle a la ópera; y así, a menudo sucedía que, para demostrarle que no deseaba que nutriera su alma con un solo tipo de alimento, él la llevaba allí una docena de noches al mes. Solía ocurrir incluso que, al acompañarla de vuelta a casa en tales ocasiones, entrara con ella a terminar la velada, como él decía; y para conseguir su propósito aún mejor, se sentara a la frugal pero siempre esmerada cena que aguardaba para su deleite. Conseguía su propósito, pensaba, no insistiéndole constantemente sobre sí mismo; lo conseguía, por ejemplo, en los momentos en los que, estando el piano a mano y ambos familiarizados con él, repetían juntos fragmentos de la ópera que acababan de escuchar. Sin embargo, fue casualmente en una de esas ocasiones cuando le recordó que no había respondido a cierta pregunta formulada en la conversación que tuvieron en su último cumpleaños—. ¿Qué es lo que le salva a usted? —quería decir qué le salvaba a ella de aparecer como una variante del tipo humano común. Si prácticamente él había escapado a los comentarios, según ella, haciendo lo que la mayoría de los hombres hacen en lo fundamental: encontrar respuesta a la vida componiendo algún tipo de alianza con una mujer del mismo tipo que ellos, ¿cómo había escapado May y cómo podía haber fracasado su alianza, tal como era, y suponiendo que fuera más o menos evidente para los demás, en evitar que seguramente la gente hablara de ella?

—Nunca dije que nuestra alianza no haya sido la causa de que hablaran de mí —contestó May Bartram.

—¡Ah bueno, entonces no se ha «salvado»!

—Para mí no ha sido un problema. Si usted ha tenido su mujer, yo he tenido mi hombre —dijo.

—¿Y quiere decir que eso la deja indemne?

¡Oh, siempre parecía que había tanto por decir!

—No sé por qué no debería dejarme tan indemne como le deja a usted, humanamente, que es de lo que estamos hablando.

—Ya veo —contestó Marcher—. «Humanamente», sin duda, prueba que vive con una finalidad. Es decir, no sólo para mí y mi secreto.

May Bartram sonrió.

—No pretendo que pruebe exactamente que no vivo para usted. Lo que está en tela de juicio es mi intimidad con usted.

Rió al darse cuenta de lo que quería decir.

—Sí; pero puesto que, como dice, yo soy sólo un tipo normal en relación a lo que la gente entiende, usted no es más que otro tipo corriente, ¿no? Me ayuda a pasar por un hombre como los demás. Por tanto si lo soy, si la entiendo bien, usted no está comprometida. ¿Es así?

Tras otro momento de duda, habló con suficiente claridad.

—Eso es. Lo único que me preocupa es ayudarle a pasar por un hombre como cualquier otro.

Puso la máxima atención en agradecer el comentario con generosidad.

—¡Qué amable y maravillosa es usted conmigo! ¿Cómo podré recompensarla?

Hizo su última grave pausa, como si contemplara varias alternativas. Pero eligió:

—Continuando siendo como es.

Se sumergieron en aquel «continuar siendo como él era» y realmente duró tanto tiempo que llegó inevitablemente el día de un nuevo sondeo de sus profundidades. Era como si estas profundidades, salvadas constantemente por una estructura lo bastante firme, a pesar de su ligereza y su ocasional oscilación en el aire en cierto modo vertiginosa, invitaran de vez en cuando, para tranquilizar los nervios, a lanzar la plomada y medir el abismo. Además, había que señalar una diferencia definitiva debido a que, durante todo aquel tiempo, ella no parecía sentir la necesidad de rebatir la acusación que él había formulado justo antes de terminar una de las más intensas de sus últimas discusiones, de guardar una idea que no se atrevía a expresar. Él había tenido entonces la sensación de que ella «sabía» algo y que era malo, demasiado malo para contárselo. Cuando habló de ello como de algo tan ostensiblemente malo que temía que él llegara a descubrirlo, su respuesta había sido demasiado ambigua para que el asunto quedara así y, no obstante, para la especial sensibilidad de Marcher, demasiado temible para volver a tocarlo. Daba vueltas a su alrededor a una distancia que se estrechaba y ensanchaba alternativamente y que sin embargo no estaba influida por la conciencia que él tenía de que, después de todo, no había nada que ella pudiera «conocer» mejor que él. Ella no tenía ninguna fuente de conocimiento que él no tuviera igualmente, salvo que, por supuesto, podía tener una receptividad más acusada. Eso era lo que las mujeres tenían respecto a lo que les interesaba; podían percibir cosas, en lo que se refería a los demás, que ellos a menudo no habrían podido percibir por sí mismos. Su receptividad, sensibilidad e imaginación eran conductores y reveladores, y lo maravilloso de May Bartram radicaba especialmente en que se hubiera entregado de aquel modo a su caso. Sentía en estos días lo que, por extraño que parezca, no había sentido con anterioridad: el terror creciente de perderla en alguna catástrofe –una catástrofe que, sin embargo, no sería en absoluto *la* catástrofe; en parte debido a que, casi de repente, ella había empezado a parecerle más útil que nunca hasta entonces y, en parte debido a un atisbo de incertidumbre respecto a su salud, coincidente e igualmente nuevo–. Era característico del íntimo despego que hasta aquel momento había cultivado con tanto éxito y del que toda nuestra descripción es una referencia, era característico que sus complicaciones, tal como se presentaban, no le hubieran parecido nunca, como en esta crisis, concentrarse a su alrededor, hasta el punto incluso de preguntarse si, en verdad, no estaría por casualidad al alcance de la vista o el oído, en contacto o al alcance de la mano, dentro de la inmediata jurisdicción de la cosa que aguardaba. Cuando llegó el día que había de llegar, en que su amiga le confesó su temor de una grave enfermedad de la sangre, sintió de algún modo la sombra de un cambio y el escalofrío de un sobresalto.

Inmediatamente comenzó a imaginar adversidades y desastres y sobre todo a pensar en el peligro que ella corría como una amenaza directa de privación personal para sí mismo. Esto, desde luego, le proporcionó una de esas parciales recuperaciones del equilibrio que tan agradables le resultaban: ponía de manifiesto que lo primero que aún tenía en su mente era el daño que ella podía sufrir. «¿Qué pasaría si ella muriese antes de saber, antes de ver...?» Hubiera sido brutal hacerle esta pregunta en los primeros estadios de su enfermedad; pero a él, la pregunta se le había formulado de inmediato, con ansiedad, y la posibilidad de que aquello sucediera antes de resolver el enigma era lo que más sentía. Además, si May «sabía» a consecuencia de haber tenido alguna... ¿cómo podía llamarlo?, iluminación mística irresistible, esto no mejoraría el asunto sino que lo empeoraría, puesto que la adopción inicial por parte de ella de su propia curiosidad había llegado casi a convertirse en el fundamento de su vida. Había estado viviendo para ver lo que había de ser visto y sería cruel que tuviera que rendirse antes de que la visión se consumara. Estas reflexiones, como digo, reavivaron su generosidad; sin embargo, aunque le era posible hacerlas, a medida que pasaba el tiempo, se encontraba cada vez más desconcertado. El tiempo se deslizaba para él con un flujo extraño y constante, y lo más singular de aquella singularidad era que, independientemente de la amenaza de un gran problema, le proporcionaba casi la única sorpresa cierta que el curso de su vida, si es que se le podía llamar curso, le había ofrecido hasta entonces. Ella se quedaba en casa como no lo había hecho nunca; estaba obligado a ir allí si quería verla: ahora no podía reunirse con él en ningún lugar, aunque apenas quedara un rincón de su amado y viejo Londres en el que, en distintas ocasiones del pasado, no se hubiera reunido con él; y la encontraba siempre sentada junto al fuego en la silla honda y antigua de la que cada vez le costaba más levantarse. Un día, tras una ausencia más dilatada de lo habitual, se había sorprendido de encontrarla súbitamente mucho mayor de lo que siempre había pensado que era; más tarde reconoció que lo súbito había sido su percepción: le había sorprendido súbitamente. Parecía mayor porque, inevitablemente, después de tantos años, era mayor, o casi, lo que, por supuesto, era válido, aún en mayor medida, para su compañero. Si ella era mayor, o casi, John Marcher lo era con toda seguridad, y sin embargo fue la revelación en ella, y no en sí mismo, lo que le hizo ver claramente la verdad. Aquí empezaron sus sorpresas, y una vez que empezaron, se multiplicaron; llegaron en torrente: fue como si, del modo más extraño del mundo, hubieran estado todas ocultas, sembradas en un apretado haz para el atardecer de la vida, la hora en lo que, para la mayoría de la gente, lo inesperado se ha extinguido.

Una de las sorpresas fue haberse descubierto (porque así lo había hecho) preguntándose realmente si el gran accidente no sería otra cosa que estar condenado a ver cómo esta encantadora mujer, esta admirable amiga, llegaba a su fin. Nunca la había calificado tan francamente como al verse mentalmente confrontado con semejante posibilidad; a pesar de lo cual, apenas le cabía duda de que, como respuesta a su largo enigma, la mera destrucción de uno de los más hermosos atributos de su circunstancia, sería una abyecta decepción. En relación a su actitud mental anterior, representaría el derrumbamiento de su dignidad, bajo cuya sombra su existencia sólo podría convertirse en el más grotesco de los fracasos. Había estado lejos de considerarla un fracaso a pesar del largo tiempo que había esperado la aparición de lo que iba a convertirla en éxito. Había esperado otra cosa bien distinta, no algo como aquello. Sin embargo, el aliento de su buena fe se ahogaba al advertir cuánto tiempo había esperado, o por lo menos, cuánto tiempo había esperado su amiga. De todos modos, el que pudiera recordársela como alguien que había esperado en vano le afectaba intensamente y aún más porque en un principio él no había hecho sino recrearse con la idea. Ésta se fue haciendo más grave a medida que las condiciones de salud de su amiga se agravaban, y el estado mental que le producía, que él mismo acabó por observar, como si se tratara de una definida deformidad física, podía considerarse otra de sus sorpresas. Esta última fue seguida de otra más: la conciencia realmente pasmosa de una pregunta que habría permitido que tomase cuerpo si se hubiese atrevido. ¿Qué significaba todo?; es decir, ¿qué significaba ella y su vana espera y su probable muerte y la insondable admonición de todo ello, a no ser que, en este momento de la vida, fuera simple y abrumadoramente demasiado tarde ya? En ninguna fase de su peculiar estado de conciencia había admitido nunca el susurro de tal censura; jamás, hasta estos últimos meses, había sido tan infiel a su convicción como para no sostener que lo que le esperaba tenía su tiempo, tanto si a *él* le parecía que lo tenía como si no. La certeza de que, por fin, por fin, prácticamente no lo tenía, o que si lo tenía era en una cantidad ínfima, llegó a ser, muy pronto y a medida que le iban pasando cosas, una realidad con la que su vieja obsesión tuvo que contar; y la apariencia, progresivamente confirmada, de que a la gran incertidumbre que proyectaba la larga sombra en la que había vivido no le quedaba ningún margen en el que afirmarse. Puesto que debió haberse enfrentado a su destino en el Tiempo, también su destino debió haber actuado en el Tiempo; y mientras despertaba a la sensación de no ser ya joven, que era exactamente la sensación de ser viejo, y a la vez, del mismo modo, a la sensación de ser débil, despertó además a otro asunto. Todo estaba unido; él y la gran incertidumbre estaban sujetos a la misma ley indivisible. Cuando, por consiguiente, las posibilidades mismas habían envejecido, cuando el secreto de los dioses había languidecido, tal vez incluso se había evaporado, aquello y sólo aquello era el fracaso. No hubiera sido fracaso estar arruinado, deshonrado, puesto en la picota o ahorcado; el fracaso era no ser nada. Y así, en el oscuro valle en el que desembocaba el imprevisto giro que su camino había tomado, se sentía no poco inseguro caminando a tientas. No le importaba qué golpe espantoso podría aguardarle, con qué ignominia, con qué monstruosidad pudieran aún asociarle –puesto que, después de todo, no era tan anciano como para no poder sufrir–, si tan sólo fuera decentemente proporcional a la postura mantenida durante toda su vida ante la presentida presencia. No le quedaba sino un deseo: no haber sido «estafado».

IV

Fue entonces, una tarde en que la primavera del año era joven y nueva, cuando ella se enfrentó a su manera a la más sincera revelación de estas inquietudes. Había ido tarde a visitarla, pero la noche no había caído y May apareció ante él a la luz fresca y clara de los atardeceres de abril que a menudo nos afectan con una tristeza más intensa que las horas más grises del otoño. La semana había sido cálida; se suponía que la primavera había comenzado pronto y May Bartram se sentaba, por primera vez aquel año, frente a la chimenea apagada; un hecho que para la sensibilidad de Marcher confería al escenario del que ella formaba parte un aspecto sereno y definitivo, un aire como si supiera, en su orden inmaculado y su austera alegría sin sentido, que no volvería a ver nunca otro fuego. Su propio aspecto (no hubiera sabido decir por qué) intensificaba la sensación. Casi tan blanca como la cera, con señales y marcas en el rostro, tan finas y numerosas como si hubieran sido grabadas con una aguja, con suaves y blancos ropajes realzados por un chal verde pálido, cuyo tono delicado había sido consagrado por los años, era la imagen de una esfinge serena y exquisita, aunque impenetrable, y cuya cabeza, o tal vez toda su persona, hubiera sido estarcida con polvo de plata. Era una esfinge; no obstante, con sus pétalos blancos y el follaje verde podía haber sido también un lirio; pero un lirio artificial, maravillosamente imitado y mantenido constantemente, sin polvo ni mancha –aunque no exento de una suave languidez y un laberinto de imperceptibles arrugas–, bajo una campana de cristal. La perfección en el cuidado de la casa, de gran pulimento y detalle, reinaba siempre en sus habitaciones, pero ahora, en especial, a Marcher le parecía como si todo en ellas hubiera sido envuelto, doblado y guardado, de forma que ella pudiera sentarse con las manos enlazadas sin nada más que hacer. Tal como la veía, estaba «al margen de aquello»; su trabajo había terminado; se comunicaba con él como a través de un golfo, o desde un islote de descanso al que ya había llegado, y eso le hacía sentirse extrañamente abandonado. ¿Sería (o quizás no lo fuera) que, por haber pasado tanto tiempo velando con él, la respuesta a su pregunta hubiera flotado ante su vista y asumido un nombre, de modo que su tarea había concluido realmente? Había llegado a acusarla de esto cuando, muchos meses atrás, le había dicho que, incluso entonces, le estaba ocultando algo que ella sabía. Era un tema sobre el que no se había aventurado a insistir desde aquel momento, temiendo vagamente que, si lo hacía, podían crearse diferencias e incluso desavenencias entre ellos. En resumen, en los últimos tiempos se sentía más irritable que nunca en todos aquellos años. Y resultaba extraño que su irritabilidad hubiera aguardado hasta el momento que había empezado a dudar y que se hubiera contenido tanto tiempo cuando estaba seguro. Tenía la impresión de que algo caería sobre su cabeza si decía la palabra incorrecta, algo, que de esa forma al menos, pondría fin a su ansiedad. Pero no quería proferir la palabra incorrecta; eso haría que todo fuera horrible. Deseaba que el conocimiento del que carecía descendiera sobre él, como si se dejara caer por su propio y majestuoso peso. Si era ella quien iba a abandonarle, con toda seguridad se despediría. Por este motivo no volvió a preguntarle directamente lo que sabía; pero también por la misma razón, abordando el asunto desde otro ángulo, le dijo en el curso de su visita:

—¿Qué considera que es lo peor que puede sucederme en esta etapa de mi vida?

Se lo había preguntado bastante a menudo en el pasado; con el curioso e irregular ritmo de sus vehemencias y suspicacias, habían intercambiado opiniones sobre ello y después habían visto cómo aquellas ideas se desvanecían, por intervalos de frialdad, como figuras dibujadas en la arena del mar. Había sido siempre característico de su conversación que las alusiones más antiguas que se hacían no requerían sino un pequeño rechazo y reacción para que volvieran a surgir, pareciendo nuevas en aquel momento. Por eso, ahora, ella podía enfrentarse a su pregunta con bastante paciencia y frescura.

—¡Oh, sí, lo he pensado repetidas veces, pero desde el comienzo siempre me pareció imposible decidirme. He pensado en cosas terribles entre las que era difícil elegir; y lo mismo debe de haberle pasado a usted.

—¡Por supuesto! Ahora me parece que apenas he hecho otra cosa. Tengo la sensación de haber pasado mi vida sin pensar en nada salvo en cosas espantosas. Muchas de ellas se las he mencionado en diversas ocasiones, pero hubo otras que no pude mencionar.

—¿Eran demasiado, demasiado espantosas?

—Demasiado, algunas eran demasiado espantosas.

Ella le miró durante un momento, y al mirarla Marcher se enfrentó a la sensación ilógica de que sus ojos, contemplados en toda su claridad, eran aún tan hermosos como lo habían sido en su juventud, aunque aquella hermosura tuviera un extraño y frío destello; un destello que, de algún modo, era parte del efecto, o tal vez más bien parte de la causa, de la dulzura pálida y rigurosa de la estación y la hora.

—Y sin embargo —dijo, por fin—, hay horrores que hemos nombrado.

El ver una figura como ella en un cuadro como aquel hablar de «horrores», acentuaba la extrañeza, pero, pasados unos minutos, iba a hacer algo todavía más extraño (aunque él no adquiriera plena conciencia de ello sino más tarde) y los indicios de aquella acción flotaban ya en el aire. Uno de los indicios relacionados con aquello era el que sus ojos tuvieran de nuevo el temblor vehemente de su plenitud. No obstante, tenía que admitir lo que ella había dicho.

—Oh, sí, hubo veces que fuimos muy lejos.

Se daba cuenta de que hablaba como si todo hubiera terminado. Bueno, ojalá fuera así; y, para él, la consumación dependía claramente, cada vez más, de su compañera.

Ahora, sin embargo, ella sonreía suavemente.

—¡Oh, sí, muy lejos...

Resultaba singularmente irónico.

—¿Quiere decir que está dispuesta a ir más lejos todavía?

Mientras continuaba mirándole, May resultaba frágil, anciana y encantadora; y sin embargo era como si hubiese perdido el hilo.

—¿De verdad considera que fuimos tan lejos?

—Pero yo creía que era precisamente eso en lo que estaba haciendo hincapié, en que habíamos mirado de frente la mayoría de las cosas.

—¿Incluyéndonos a nosotros? —Todavía sonreía—.

Pero tiene mucha razón. Hemos vivido juntos enormes fantasías; a menudo, grandes miedos; pero no hemos expresado algunos de ellos.

—Entonces aún no nos hemos enfrentado a lo peor. Creo que yo *podría* enfrentarlo si supiera de qué cree que se trata. Siento —explicó— como si hubiera perdido la capacidad de concebir tales cosas. —Se preguntaba si su aspecto resultaba tan confuso como sus palabras—. Se me ha agotado.

—Entonces, ¿por qué supone que la mía no? —preguntó.

—Porque me ha dado señales de lo contrario. No se trata de que usted conciba, imagine, compare. Ahora, no se trata de elegir. —Por fin lo soltó—: Usted sabe algo que yo no sé. Ya me lo dejó entrever antes.

En aquel momento se dio cuenta de que sus últimas palabras le habían afectado considerablemente, pero habló con firmeza.

—Yo no le he dejado entrever nada, querido.

Él negó con la cabeza.

—No puede ocultarlo.

—¡Oh, oh! —murmuró May Bartram sobre lo que no podía ocultar. Era casi un gemido ahogado.

—Lo admitió hace meses cuando le hablé de ello como de algo que temía que yo descubriese. Me respondió que yo no podía descubrirlo, que no lo haría, y no pretendo haberlo descubierto. Pero, por lo tanto, pensaba en algo, y ahora veo que debía ser, que todavía es, en la posibilidad que, entre todas las posibilidades, se le ha confirmado como la peor. Por esta razón recurro a usted —continuó—. Ahora sólo temo la ignorancia, el conocimiento no me asusta. —Y como durante unos instantes ella no decía nada, continuó—: Lo que me hace estar seguro es que veo en su cara y siento aquí, en este aire y entre estas paredes, que usted ha salido de esto. Lo ha conseguido. Ha vivido su experiencia. Me abandona a mi destino.

May le escuchaba, inmóvil y blanca en su silla, como si de hecho tuviera que tomar una decisión, de manera que todo su porte era una confesión virtual, aunque aún mantenía una mínima, delicada y profunda rigidez, una rendición imperfecta.

—Sería lo peor —dijo por fin—. Quiero decir la cosa que no he dicho jamás.

Aquello le acalló unos instantes.

—¿Más monstruoso que todas las monstruosidades que hemos nombrado?

—Más monstruoso. ¿O acaso no es eso lo que expresa con suficiente claridad al llamarlo lo peor? —preguntó.

Marcher reflexionó.

—Ciertamente, si se refiere, como yo, a algo que incluye toda la pérdida y la vergüenza que cabe imaginar.

—Así sería si sucediera —dijo May Bartram—. Pero recuerde que sólo estamos hablando de lo que a mí me parece.

—Es lo que usted cree —contestó Marcher—. Para mí es suficiente. Siento que su creencia es acertada. Por tanto si, teniéndola, no me la esclarece, es que me abandona.

—¡No, no! —repitió—. Aún estoy con usted, ¿no lo ve?

Como si quisiera hacérselo más gráfico, se levantó de la silla —un movimiento que rara vez hacía por aquel entonces— y se mostró completamente ataviada y apacible en toda su hermosura y delgadez.

—No le he abandonado.

Aquella era realmente una garantía generosa en lo que tenía de esfuerzo contra la debilidad, y si el resultado del impulso no hubiera sido felizmente admirable, le hubiera conmovido más dolorosa que placenteramente. Pero el frío encanto de sus ojos se había extendido, mientras revoloteaba ante él, a toda su persona como si recobrara la juventud durante un momento. No podía compadecerla por eso; sólo podía aceptarla como se mostraba, como alguien todavía capaz de ayudarle. Al mismo tiempo, era como si su luz pudiera apagarse en cualquier instante, por lo que debía aprovechar la situación al máximo. Ante él pasaban con intensidad las tres o cuatro cosas que más deseaba saber; pero la pregunta que descendió a sus labios por su propio peso incluía realmente a las demás.

—Entonces, dígame si voy a sufrir conscientemente.

Ella negó rápidamente con la cabeza.

—¡Nunca!

Aquello confirmó la autoridad que él le atribuía y le produjo un efecto extraordinario.

—Bien, ¿y qué puede haber mejor? ¿A eso le llama lo peor?

—¿Cree que no hay nada mejor? —preguntó.

Ella parecía querer decir algo tan especial que él volvió a quedarse absolutamente perplejo, aunque con indicios de una expectativa de alivio.

—¿Por qué no, si no se sabe?

Después, cuando sus miradas se encontraron en silencio a propósito de esta pregunta, los indicios se intensificaron y el rostro de May Bartram le reveló algo que venía prodigiosamente en su ayuda. Al comprenderlo, el rubor le subió de repente hasta la frente y se quedó sin aliento al sentir la fuerza de una percepción con la que todo encajaba en aquel momento. El sonido de su respiración entrecortada llenaba el aire; después empezó a articular.

—Ya veo... ¡Si no sufro!

Sin embargo, había duda en la mirada de ella.

—¿Qué es lo que ve?

—Pues lo que quiere decir... lo que siempre ha querido decir.

Ella volvió a negar con la cabeza.

—Lo que quiero decir no es lo que siempre he querido decir. Es diferente.

—¿Es algo nuevo?

Dudó un momento.

—Algo nuevo. No es lo que piensa. Veo lo que está pensando.

Su pronóstico tomó aliento; tal vez la rectificación que ella hacía fuera errónea.

—¿No será que *soy* un burro? —preguntó entre el desfallecimiento y la inflexibilidad—. ¿No habrá sido todo una equivocación?

—¿Una equivocación? —repitió compasivamente.

Se dio cuenta de que *aquella* posibilidad le resultaba monstruosa y si ella le garantizaba la inmunidad contra el dolor no sería por tanto a lo que ella se refería.

—Oh, no —manifestó—, no es nada de eso. No se ha equivocado. —Aun así, no podía evitar preguntarse si, al sentirse presionada, no hablaría sólo para salvarle. Le parecía que, si su historia resultaba ser una trivialidad total, estaría absolutamente perdido.

—¿Me está diciendo que es verdad para que no me dé cuenta de que he sido un idiota más grande de lo que puedo soportar al enterarme? ¿No he vivido con una fantasía estéril, en el más fatuo espejismo? ¿No he esperado sino para ver cómo la puerta se cierra ante mi rostro?

Ella negó de nuevo con la cabeza.

—Sea como sea el caso, *ésa* no es la verdad. Cualquiera que sea la realidad, es una realidad. La puerta no está cerrada. La puerta está abierta —dijo May Bartram.

—¿Entonces va a suceder algo?

Ella hizo otra pausa, con sus fríos y dulces ojos siempre fijos en él.

—Nunca es demasiado tarde.

Con paso deslizante, había acortado la distancia que les separaba y se quedó de pie, junto a él, a su lado, un momento, como llena todavía de lo inexpresado. Su movimiento podía estar motivado por querer dar un énfasis sutil a lo que, al mismo tiempo, dudaba y se atrevía a decir. Él había permanecido de pie junto a la chimenea apagada y escasamente adornada, con un relojito francés antiguo perfecto y dos figuritas rosadas de Dresden como único mobiliario; la mano de May se aferraba al estante mientras le mantenía a la espera; se aferraba buscando apoyo y estímulo, sin embargo, sólo le mantuvo a la espera; es decir él solamente esperaba. De pronto, de su movimiento y actitud se desprendía de manera hermosa y vívida para él que ella tenía algo más que darle; su cara devastada resplandecía delicadamente con aquello que centelleaba en su expresión, casi como el blanco satinado de la plata. May tenía razón, incontestablemente, porque lo que veía en su rostro era la verdad; y era extraño que, de manera inconsecuente, mientras aún estaba en el aire la conversación que presentaba aquella verdad como algo espantoso, ella parecía ofrecerla como excesivamente suave. Completamente perplejo —aquello le dejó boquiabierto de gratitud por su revelación— continuaron en silencio durante unos minutos más, ella con el rostro radiante junto a él, apremiándolo con su contacto imponderable y Marcher con una mirada colmada de afecto pero también de expectación.

Al final, sin embargo, lo que él había esperado no se manifestó. En su lugar sucedió otra cosa, que en un principio pareció consistir tan sólo en que ella cerrara simplemente los ojos. Pero en aquel mismo instante se dejó llevar por un lento y tenue estremecimiento; y, aunque él permaneció mirándola fijamente (en realidad la miraba con intensidad), May se volvió y alcanzó su silla. Fue el final de lo que ella se había propuesto, pero aquello le dejó pensando únicamente en eso.

—¿Bueno, no me dice usted...?

Al pasar había tocado una campana junto a la chimenea y se había hundido en la silla, extraordinariamente pálida.

—Me temo que estoy demasiado enferma.

—¿Demasiado enferma como para decírmelo?

El miedo a que pudiera morir sin mostrarle la luz, se le impuso violentamente y a punto estuvo de expresarlo. Se contuvo, a tiempo, de formular la pregunta, pero ella contestó como si hubiera oído las palabras.

—¿No lo sabe ahora?

—¿Ahora...?

Hablaba como si en aquel momento hubiera surgido algo que supusiera una diferencia. Pero la sirvienta, obedeciendo con prontitud a la llamada de la campanilla, estaba ya con ellos.

—Yo no sé nada.

Más tarde, se diría que tal vez había hablado con abominable impaciencia, al revelar con tal impaciencia que, absolutamente desconcertado, se lavaba las manos de todo aquel asunto.

—¡Oh! —dijo May Bartram.

—¿Tiene dolores? —preguntó, mientras la sirvienta iba hacia ella.

—No —dijo May Bartram.

Su sirvienta, que la rodeaba con un brazo, como para llevarla a su habitación, fijó en él una mirada suplicante que contradecía la respuesta de May; sin embargo, a pesar de esto él volvió a mostrarse desconcertado.

—¿Qué había sucedido entonces?

Ella se había vuelto a poner en pie con ayuda de su compañera, y Marcher, advirtiendo que se imponía la retirada, recogió torpemente el sombrero y los guantes y alcanzó la puerta. Aún esperaba su respuesta.

—Lo que tenía que suceder —dijo.

V

Volvió al día siguiente, pero May no estaba en condiciones de recibirle y como era, literalmente, la primera vez que esto ocurría en el largo intervalo de su amistad, regresó vencido y lastimado, casi enfadado (o por lo menos sintiendo que semejante ruptura de sus hábitos era realmente el principio del fin), y deambuló solo con sus pensamientos, especialmente con uno que sentía imposible de reprimir. Se moría y él iba a perderla; se moría y su muerte ponía fin a su propia vida. Se detuvo en el parque por el que había cruzado y contempló fijamente la insistente duda que surgía ante él. Lejos de ella, la duda acuciaba de nuevo; en su presencia, él la había creído; pero al sentir su soledad se entregó por completo a la explicación que, por estar más a mano, le producía una calidez más triste y un tormento menos frío. Le había engañado para salvarle: le había despachado con algo en lo que él pudiera apoyarse. Después de todo, ¿qué podía ser lo que había de sucederle sino precisamente esto que había empezado a suceder? Su agonía, su muerte y la soledad consiguiente; *aquello* era lo que había imaginado como la bestia en la jungla; aquello era lo que había estado en manos de los dioses. Se lo había oído decir cuando se marchaba; porque ¿qué diablos si no habría querido decir? No era algo de categoría monstruosa; ni un destino excepcional y distinguido; ni un golpe de suerte de los que abruman e inmortalizan; tenía únicamente la marca de los destinos anodinos. Pero, en este momento, el pobre Marcher pensaba que tenía suficiente con un destino anodino. Colmaría sus necesidades e incluso como consumación de su infinita espera, doblegaría su orgullo y lo aceptaría. Se sentó en un banco a la luz del crepúsculo. No había sido un imbécil. Como ella dijo, algo había sucedido. Lo cierto es que, antes de levantarse, había tenido la impresión de que el hecho final encajaba con el largo camino que había tenido que recorrer para alcanzarlo. Al compartir su incertidumbre y al entregarse por completo, ofreciendo su vida hasta agotarla, ella le había acompañado en cada paso del camino. Él había vivido gracias a su ayuda y dejarla atrás sería una forma atroz y espantosa de perderla. ¿Qué podía ser más abrumador que esto?

Pues, iba a saberlo en el transcurso de la semana, porque aunque ella le mantuvo a distancia un cierto tiempo y le dejó inquieto y desdichado durante una serie de días, en cada uno de los cuales preguntó por ella sólo para tener que volver a marcharse, terminó por poner fin a sus tribulaciones recibiéndole donde siempre le había recibido. Sin embargo, ella había sido expuesta, no sin cierto riesgo, en presencia de tantas de las cosas que, consciente y vanamente eran la mitad del pasado que habían compartido; y de poco servía, por parte de ella, la bondad del mero deseo demasiado visible, de refrenar la obsesión y poner fin a la larga angustia que él padecía. Eso era claramente lo que ella deseaba; hacer algo más, para quedarse tranquila, mientras aún pudiera tenderle la mano. Él estaba tan afectado por el estado en el que ella se encontraba que, una vez sentado junto a su silla, estuvo tentado de dejar las cosas como estaban; así que fue May quien le recordó y retomó, antes de despedirse, sus últimas palabras del encuentro anterior. Le demostraba que quería dejar su asunto en orden.

–No estoy segura de me entendiera. No tiene que esperar nada más. Ha sucedido.

¡Oh, de qué forma la miró!

–¿De verdad?

–De verdad.

–¿Aquello que usted dijo que tenía que ocurrir?

–Aquello que empezamos a esperar en nuestra juventud.

Cara a cara con ella volvió a creerla; era una declaración a la que, resignadamente, poco tenía que oponer.

–¿Quiere decir que ha ocurrido como un suceso seguro y definido, con nombre y fecha?

–Seguro y definido. No sé el nombre, pero sí una fecha concreta.

De nuevo volvió a encontrarse perdido.

–¿Pero es que llegó en la oscuridad... llegó y pasó de largo?

Mag Bartram mostraba una sonrisa vaga y extraña.

–¿Pero si no he sido consciente de ello y no me ha rozado...?

–El no haber sido consciente de ello –y al decir aquello pareció titubear un segundo–, el que no haya sido consciente de ello, es lo extraño dentro de lo extraño. Es lo inexplicable de lo inexplicable.

Hablaba casi con la morbidez de un niño enfermo, pero ahora, por fin, con la perfecta exactitud de una sibila. Evidentemente sabía lo que sabía, y a él le producía el efecto de algo que armonizaba, por su elevada índole, con la ley que le había gobernado. Era la verdadera voz de la ley; como si la ley hubiera hablado por sus propios labios.

—Le ha rozado —continuó diciendo—. Ha cumplido su función. Le ha hecho completamente suyo.

—¿Tan completamente suyo sin yo enterarme?

—¿Tan completamente suyo sin enterarse usted?

Al inclinarse hacia May, apoyó la mano en el brazo del sillón, y entonces, sonriendo como siempre vagamente, ella colocó la suya sobre la de él.

—Es suficiente con que yo lo sepa.

—¡Oh! —exclamó atropelladamente, como ella lo había hecho tantas veces últimamente.

—Lo que dije hace mucho tiempo es verdad. Ahora nunca lo sabrá y me parece que debería alegrarse. Ya le ha sucedido —dijo May Bartram.

—¿Pero qué me ha sucedido?

—Ciertamente, lo que le estaba destinado. La prueba de su ley. Ha actuado. Estoy contentísima —agregó entonces con valentía— de haber podido ver lo que no es.

Él continuaba mirándola fijamente con la sensación de que todo aquello estaba fuera de su alcance y de que ella también lo estaba; le hubiera desafiado impacientemente para que continuara de no haber considerado un abuso de su debilidad hacer otra cosa que no fuera recibir con devoción lo que le ofrecía, recibirlo tan calladamente, como una revelación. Si él hablaba era debido al augurio de soledad que le esperaba.

—Si está contenta por lo que «no» es, ¿quiere decir que podía haber sido peor?

Ella dirigió su vista a otra parte, miró fijamente adelante y, tras un momento, dijo:

—Bien, usted conoce nuestros miedos.

—¿Es entonces algo que nunca hemos temido? —preguntó.

Al oír esto, ella se volvió lentamente hacia él.

—¿Es que alguna vez soñamos, con todos nuestros sueños, que estaríamos sentados hablando de ello así?

Él trató de pensar por un momento si lo habían hecho; pero era como si sus innumerables sueños estuvieran disueltos en una niebla fría y densa en la que el pensamiento se perdía.

—¿Podría haber sucedido que no pudiéramos hablar?

—Bien —May hacía por él todo lo que podía— no lo mire desde este ángulo. Estamos, ya sabe, en el ángulo opuesto —dijo.

—Me parece —respondió el pobre Marcher—, que para mí todos los ángulos son iguales.

Sin embargo, en aquel momento, mientras ella movía la cabeza suavemente, corrigiéndole, dijo:

—¿Tal vez no nos fue posible cruzar...?

—En donde estamos... no. Estamos aquí —dijo con débil énfasis.

—¿Y de qué nos sirve? —fue el sincero comentario de su amigo.

—Nos sirve de lo que puede. Nos sirve el hecho de que no esté aquí. Ha pasado. Ha quedado atrás —dijo May Bartram—. Antes... —pero su voz desfalleció.

Él se había levantado para no cansarla, pero era difícil combatir su anhelo. Después de todo, ella no le había dicho nada excepto que su luz había palidecido (algo que ya sabía sin que se lo dijera).

—¿Antes... —repitió desconcertado.

—Antes, ya sabe, era algo siempre por llo mantenía presente.

—Oh, no me importa lo que llegue ahora. Además, me parece que preferiría que estuviera presente, como usted dice, más que ausente con su ausencia —añadió Marcher.

—¡Oh, mi ausencia! —y sus pálidas manos le restaron importancia.

—Con la ausencia de todo.

Tenía la espantosa sensación de estar allí, ante ella por última vez en su vida (si se puede dar por buena una mera sensación, la sensación de caer en un vacío insondable). Esto gravitaba sobre él con un peso que apenas podía soportar y era este peso el que aparentemente extraía aún lo que quedaba en él de protesta articulable.

—Le creo; pero no puedo aparentar que entiendo. *Nada* ha terminado para mí; nada habrá terminado hasta que yo mismo termine, lo cual ruego a mi estrella sea lo más pronto posible. Dígame —añadió—, aunque no haya apurado mi copa hasta las heces, como usted sostiene, ¿cómo es posible que aquello que no he sentido jamás sea, entre todas las cosas, lo que estaba destinado a sentir?

Se enfrentó a él quizás menos directamente, pero se le enfrentó impasible.

—Usted da por sentados sus «sentimientos». Debía padecer su destino. Eso no significa necesariamante conocerlo.

—¿Y cómo es posible, cuando tal conocimiento no es sino sufrimiento?

Levantó la mirada hacia él en silencio.

—No, no lo entiende.

—Sufro —dijo John Marcher.

—¡No lo haga, no lo haga!

—¿Cómo puedo evitar al menos *eso*?

—¡No lo haga! —repitió May Bartram.

Lo dijo en un tono tan especial, a pesar de su debilidad, que él la miró fijamente un momento, la miró tan fijamente como si una luz, hasta entonces oculta, hubiera brillado tenuemente ante sus ojos. La oscuridad se cernió de nuevo a su alrededor, pero el destello ya se había convertido para él en una idea.

—¿Por qué no tengo derecho a...?

—No quiera saber lo que no necesita —le instó compasivamente—. No lo necesita... porque no debemos.

—¿No debemos? —¡Si tan sólo pudiera saber lo que ella quería decir!

—No..., es demasiado.

—¿Demasiado? —siguió preguntando con un desconcierto que, repentinamente, desapareció un momento después. Sus palabras, si algo significaban, le afectaban a la luz de esto, la luz también de su rostro demacrado, como si significaran *todo,* y la sensación de lo que el conocimiento había sido para ella, cayó sobre él como un torrente que desembocó en una pregunta:

—¿Entonces, es de eso de lo que se está muriendo?

Ella tan sólo le miró, seria al principio, como para ver, de esta forma, hasta dónde comprendía él, y algo debió ver o temer que la movió a compasión.

—Seguiría viviendo para ti... si pudiera.

Cerró los ojos un momento, como si, recogida en sí misma, estuviera intentándolo por última vez.

—¡Pero no puedo! —dijo, al abrirlos de nuevo, para despedirse. Desde luego no podía, como se puso de manifiesto muy pronto y de forma harto rigurosa; y después de esto no volvió a tener una imagen suya que no fuera oscuridad y muerte. Se habían separado para siempre con aquella extraña charla; el acceso a su lecho de dolor, guardado estrictamente, le fue casi totalmente prohibido; además, ahora, frente a médicos, enfermeras y los dos o tres parientes atraídos sin duda por los presuntos bienes que ella tenía que «dejar», sentía qué pocos derechos, como se dice en estos casos, podía esgrimir, y qué extraño podía resultar incluso que la intimidad habida entre ellos no le otorgara algunos más. El más estúpido de los primos lejanos tenía más que él, a pesar de que ella no hubiese significado nada en la vida de aquella persona. En la *suya,* ella había sido primordial entre lo primordial, porque ¿qué otra cosa era haber sido tan indispensable? Indeciblemente extraños eran los derroteros de la existencia y desconcertante para él la anomalía de su falta, como él sentía, de derechos reconocibles. Una mujer podía haber sido, supongamos, todo para él, y aun así aquello no le presentaba ante los demás como una relación que parecieran obligados a reconocer. Si esto había sucedido en las últimas semanas, aún sucedió más pronunciadamente con ocasión de las últimas exequias, en el gran cementerio gris de Londres, en honor de lo que había sido mortal, de lo que había sido precioso en su amiga. La concurrencia en torno a su tumba no fue numerosa, pero él se vio tratado como si apenas tuviera más relación con aquello de la que hubieran podido tener otros miles de personas. En resumen, desde este momento se vio enfrentado al hecho de que el interés que May Bartram se había tomado por él iba a beneficiarle extraordinariamente poco. No hubiera podido decir con exactitud lo que esperaba, pero era seguro que no había esperado tener que abordar esta doble privación. No sólo le faltaba el interés de su amiga, sino que parecía sentirse privado, por razones que no podía entender, de la distinción, dignidad y decoro, aunque no fuera más, del hombre manifiestamente afligido. Era como si, a los ojos de la sociedad, no hubiera estado manifiestamente afligido; como si faltara algún signo o prueba de ello y como si, a pesar de todo, ese carácter no pudiera ser confirmado nunca, ni su deficiencia subsanada jamás. A medida que las semanas pasaban, hubo momentos en que le hubiera gustado, por medio de un acto casi agresivo, pronunciarse sobre la intimidad de su pérdida, para que, al ser cuestionada, pudiera dejar constancia de su réplica para alivio de su espíritu; no obstante, los momentos de más impotente exasperación se sucedieron rápidamente; momentos en los que al considerar estas cosas con la conciencia tranquila, pero sin perspectiva de futuro, se encontró preguntándose si no debería haber empezado, por así decirlo, mucho antes. Se encontró, en realidad, preguntándose muchas cosas, y esta última especulación vino acompañada de otras. Después de todo, ¿qué hubiera podido hacer él mientras ella vivía sin que ambos, por expresarlo de alguna forma, quedaran en evidencia? No hubiera podido revelar que ella estaba vigilándole, porque eso hubiera sido hacer pública la superstición sobre la Bestia. Eso era lo que ahora mantenía cerrada su boca, ahora que la Jungla había sido batida hasta quedar arrasada y la Bestia se había escabullido. Parecía demasiado tonto y demasiado insípido; la diferencia para él en este punto concreto, la extinción en su vida del elemento de incertidumbre, era tal que de hecho le sorprendía. Apenas hubiera podido decir a qué se parecía el efecto que causaba; el cese abrupto, la prohibición tajante, tal vez de la música, más que de ninguna otra cosa, en un lugar donde todo estaba dispuesto y habituado a la sonoridad y a la atención. Si, de todos modos, se le hubiera ocurrido levantar el velo de su propia imagen en algún momento del pasado (después de todo, ¿qué otra cosa había hecho sino levantarlo para *ella*?), o levantarlo así ahora, y hablar a la gente sin restricciones de la jungla desbrozada y hacerles la confidencia de que ahora la sentía como un lugar seguro, hubiera sido no sólo verles escuchar un cuento de comadres, sino realmente oírselo contar a sí mismo. Lo que en verdad sucedió al poco tiempo fue que el pobre Marcher avanzaba con dificultad por sus pastos arrasados, donde la vida no bullía, donde ninguna respiración era audible, donde ningún ojo maligno parecía centellear desde una posible madriguera, como si buscara vagamente a la Bestia, y aún más como si la echara de menos. Deambulaba por una existencia que de forma extraña se había hecho más espaciosa, y deteniéndose a intervalos, en lugares donde la maleza de la vida le parecía más tupida, se preguntaba con ansiedad, inquiría secreta y dolorosamente si habría estado al acecho aquí o allí. Hubiera saltado de todos modos; lo que por lo menos estaba íntegro era su fe en la verdad de la certidumbre que se le había ofrecido. El cambio de sus viejas sensaciones a esta otra nueva era absoluto y definitivo: lo que estaba destinado a suceder había sucedido tan absoluta y definitivamente que se sentía tan poco capaz de ver con miedo su futuro como de concebir esperanzas; carente en suma de cualquier interrogante sobre lo que pudiera sucederle. Tendría que vivir exclusivamente con la otra interrogante, la de su pasado sin identificar, la de haber tenido que ver su suerte impenetrablemente embozada y enmascarada. El tormento de esta visión se convirtió entonces en su ocupación; tal vez no hubiera accedido a seguir viviendo a no ser por la posibilidad de resolver el acertijo; ella, su amiga, le había dicho que no tratara de averiguar; le había prohibido, hasta donde le fuera posible, saber, y en cierto modo había negado en él la capacidad de aprender: obviamente, demasiadas cosas como para privarle de descanso. No era que deseara, argumentaba con imparcialidad, que lo que le había sucedido volviera a sucederle de nuevo; era únicamente que, como anticlimax, no debería haberle sorprendido tan profundamente dormido como para no ser capaz de recobrar con un esfuerzo mental el elemento perdido de su conciencia. En ciertos momentos se declaraba a sí mismo que lo recobraría o terminaría con la conciencia para siempre; convirtió esta idea en su único tema; en definitiva, la convirtió en una pasión como ninguna otra, en comparación, parecía no haberle afectado nunca. El elemento perdido de su conciencia llegó a ser para él como un niño extraviado o cautivo para un padre desesperado; lo buscaba por todas partes incansablemente como si llamara a las puertas o consultara con la policía. Éste fue el estado de ánimo con el que, inevitablemente, se dispuso a viajar. Emprendió un viaje que duraría tanto como pudiera alargarlo; ante él danzaba la idea de que, puesto que el otro lado del globo no tendría menos que contarle, era probable que le ofreciera más posibilidades de sugerencia. Antes de abandonar Londres, sin embargo, peregrinó a la tumba de May Bartram, se dirigió a allí a través de las interminables avenidas de la tétrica necrópolis suburbana, la buscó entre la multitud de tumbas, y, aunque no había ido más que para renovar el acto de despedida, cuando al fin estuvo de pie frente a ella, se encontró seducido por remotas fuerzas. Durante una hora permaneció allí de pie, incapaz de volverse e incapaz de penetrar la oscuridad de la muerte: con los ojos clavados en el nombre y la fecha grabados en la piedra, golpeando su frente contra el secreto que guardaban, tomando aliento, como si esperase que, por piedad, alguna sensación surgiera de las lápidas. Sin embargo, se arrodilló en vano sobre las lápidas; guardaban lo que ocultaban; y si el rostro de la tumba llegó a ser un rostro para él fue porque los dos nombres de su amiga eran como un par de ojos que no le conocieran. Les dirigió una última y larga mirada, pero ni la más tenue luz apuntaba.

VI

Después de esto, estuvo fuera un año; visitó lo más recóndito de Asia, consumiéndose en parajes de interés romántico, de suprema santidad; pero en todo lugar se le hacía presente que, para un hombre que había conocido lo que él había conocido, el mundo era vulgar e insignificante. El estado mental en el que había vivido durante tantos años resplandecía para él, al reverberar, como una luz que embellecía y purificaba; comparado con aquella luz, el brillo del Este resultaba chillón, vulgar y débil. La terrible verdad era que había perdido, junto a lo demás, la capacidad de ser distinto; las cosas que veía no podían ser sino comunes puesto que quien las miraba se había convertido en un ser común. Ahora era simplemente uno de ellos, estaba en el polvo, sin una excusa que marcara la diferencia; y había momentos en los que, frente a los templos de los dioses y los sepulcros de los reyes, su espíritu recurría, asociando su nobleza a la de May, a la lápida anónima de aquel barrio de Londres. Aquello se había convertido para él, y más intensamente con el tiempo y la distancia, en el único testigo de su pasada gloria. Era todo lo que le quedaba como prueba o esplendor y, aun así, cuando lo pensaba, la pasada gloria de los faraones no significaba nada para él.

En consecuencia, no hay que extrañarse de que volviera allí al día siguiente de su regreso. Esta vez se sintió arrastrado tan irresistiblemente como en la ocasión anterior, con cierta esperanza, debida sin duda al efecto de los muchos meses transcurridos. Había sobrevivido, a su pesar, a este cambio de sentimientos, y, al vagar por la tierra había vagado, podría decirse, del contorno al centro de su desierto. Se había acomodado a su seguridad y aceptado su inevitable extinción; se imaginaba a sí mismo, en cierto aspecto, con la apariencia de esos viejecitos que recordaba haber visto, de los que, por enjutos y marchitos que ahora pareciesen, se contaba que en sus tiempos se habían batido en veinte duelos o que habían sido amados por diez princesas. Ellos habían sido asombrosos para los demás, mientras que él sólo era asombroso para sí mismo; lo que, sin embargo, fue exactamente el motivo de su prisa por renovar el asombro volviendo, por decirlo de algún modo, a su propia presencia. Aquello había acelerado sus pasos e impedido su demora. Si su visita fue inmediata era porque había estado separado demasiado tiempo de la única parte de sí mismo que ahora valoraba.

En consecuencia, no es falso decir que alcanzó su meta con un cierto júbilo y de nuevo se quedó allí, de pie, con una cierta seguridad. La criatura bajo la tierra *conocía* su rara experiencia, de modo que, extrañamente ahora, el lugar perdió para él su mera vacuidad de expresión. Le recibía con benignidad, no con burla como antes; le mostraba el aire de consciente bienvenida que encontramos, después de la ausencia, en las cosas que nos han pertenecido estrechamente y que parecen confesarse a sí mismas esa relación. La parcela de tierra, la lápida esculpida, las flores cuidadas le conmovían como si le pertenecieran, de manera que se sentía en aquel instante como un terrateniente satisfecho pasando revista a una propiedad.

Cualquier cosa que hubiera sucedido... bueno, había sucedido. Esta vez no había vuelto con la vanidad de aquella pregunta, su antigua preocupación: «¿Qué, *qué*?», ahora prácticamente desaparecida. No obstante, no volvería nunca jamás a separarse de aquel modo de ese lugar; volvería todos los meses, porque aunque su ayuda no le sirviera de otra cosa, al menos, podría llevar alta la cabeza. Así, aquello se convirtió para él, del modo más extraño, en un recurso positivo; llevó a cabo su idea de visitas periódicas que por fin llegaron a ocupar un lugar entre sus costumbres más arraigadas. Todo esto llegó a significar que, por extraño que parezca, en su mundo tan simplificado ahora, este jardín de la muerte le ofrecía los pocos metros cuadrados de tierra sobre la que aún podía, a lo sumo, vivir. Era como si, no siendo nada para nadie en ninguna parte, nada incluso para sí mismo, aquí lo fuera todo, y si no lo era para una multitud de testigos, o incluso para ningún testigo excepto John Marcher, en tal caso lo sería por el evidente derecho de la inscripción que podía escudriñar como una página abierta. La página abierta era la tumba de su amiga y *allí* estaban los hechos del pasado, la verdad de su vida; allí estaban las remotas extensiones en las que podía perderse. De vez en cuando se perdía con tal efecto que parecía vagar por los años pasados del brazo de un compañero que resultaba ser, de forma extraordinaria, su yo más joven; y lo que era aún más extraordinario, vagaba dando vueltas y más vueltas alrededor de una tercera presencia, que no vagaba, sino que estaba inmóvil, quieta, cuyos ojos giraban con su rotación, sin dejar de seguirle un momento y cuyo foco era, por así decirlo, su punto de orientación. En resumen, determinó vivir alimentándose únicamente de la sensación de haber vivido una vez y dependiendo de ella no sólo como sustento sino como identidad. Aquello, a su manera, le bastó durante meses, y así transcurrió el año; sin duda aquel sentimiento le hubiera sostenido más tiempo a no ser por un accidente, trivial en apariencia, que le conmovió, en una dirección bastante distinta, con una fuerza superior a cualquiera de sus impresiones de Egipto o India. Fue la más pura de las casualidades (por un pelo, como más tarde sintió); aunque iba a vivir para creer que si la luz no le hubiera llegado de esta manera peculiar le habría llegado de otro modo. Iba a vivir para creerlo, digo, aunque no iba a vivir, puedo decirlo de manera no menos definitiva, para hacer mucho más. De todos modos le concedemos el beneficio de la convicción, abriéndose paso hasta él de que, al final, cualquier cosa que hubiera pasado o dejado de pasar, él habría alcanzado la luz por sí mismo. El incidente de un día de otoño había encendido la mecha al reguero de pólvora que su sufrimiento había tendido hacía tiempo. Con la luz ante él supo que incluso en estos últimos tiempos su dolor tan sólo se había calmado. Estaba extrañamente adormecido, pero palpitaba; con el contacto comenzó a sangrar. Y el contacto, en este caso, fue el rostro de un semejante. Este rostro, una tarde gris, cuando las hojas se agolpan en los callejones, miró el de Marcher, en el cementerio, con una expresión como el filo de una espada. Es decir, lo sintió tan profundo dentro de él que se encogió ante la firme estocada. La persona que le asaltaba tan silenciosa era una figura que había visto al llegar a su propio destino, absorto junto a una tumba a poca distancia de él, una tumba reciente en apariencia, de modo que la emoción del visitante era seguramente tan nueva como aquélla en su sinceridad. Esto sólo le impedía a Marcher observarle con más detenimiento, aunque durante el tiempo que permaneció allí no dejó de ser vagamente consciente de su vecino, un hombre de mediana edad aparentemente, de luto, cuya espalda agobiada estaba constantemente presente entre los grupos de monumentos y tejos mortuorios. La teoría de Marcher de que había elementos a cuyo contacto él revivía, había experimentado en esta ocasión, puede asegurarse, una confirmación apreciable aunque inescrutable. El día de otoño le resultaba espantoso como ninguno se lo había parecido últimamente y se apoyaba, con una pesadez desconocida para él hasta entonces, en la baja lápida de piedra que llevaba inscrito el nombre de May Bartram. Se apoyaba sin fuerzas para moverse, como si algún resorte en él, fruto de algún encantamiento, se hubiera roto de repente para siempre. Si en aquel momento hubiera podido hacer lo que quería, simplemente se habría estirado sobre la piedra dispuesta a acogerle, considerándolo un lugar preparado para recibir su último sueño. ¿Con qué fin en este mundo tenía que mantenerse ahora despierto? Miraba fijamente ante sí preguntándose esto y fue entonces, puesto que uno de los paseos del cementerio discurría junto a él, cuando recibió el impacto de aquel rostro.

Su vecino junto a la otra tumba se había retirado, como lo hubiera hecho él mismo para entonces de haber tenido fuerzas para moverse, y avanzaba ahora, por el sendero, de camino hacia una de las verjas. Se iba acercando y como caminaba lentamente, y más aún porque había una especie de hambre en su mirada, los dos hombres se encontraron frente a frente durante unos momentos. Marcher lo reconoció en el acto como un ser profundamente afligido; una percepción tan penetrante que nada más existía en aquella imagen; ni su vestimenta, ni su edad, ni su presumible carácter o clase social; nada existía salvo la profunda devastación que mostraba en sus facciones. La *mostraba*, eso era lo importante; y, al pasar ante Marcher, se vio sacudido por un impulso que era o bien una señal de simpatía o, más posiblemente, un desafío frente a otro dolor. Podría haberse dado cuenta de la presencia de nuestro amigo; podría ser que, en cierto momento anterior, hubiera visto en él la serena costumbre de aquella escena con la que el estado de sus propias sensaciones tan escasamente armonizaba, y podría por eso haberse sentido provocado por una especie de evidente discrepancia. En cualquier caso, Marcher era consciente de que, en primer lugar, la imagen de malherida pasión presentada ante él era también consciente de que algo profanaba el aire; y, en segundo lugar, de que, agitado, asustado, sobresaltado, él estaba un momento después siguiendo aquella imagen con los ojos, mientras se iba, con envidia. Lo más extraordinario que le había ocurrido —aunque le había dado ese nombre también a otros asuntos— sucedió, tras aquella inmediata y vaga mirada, como consecuencia de esta impresión. El extraño pasó, pero el fulgor en carne viva de su dolor permaneció, forzando a nuestro hombre a preguntarse compadecido qué agravio, qué herida expresaba, qué lesión incurable. ¿Qué había tenido aquel hombre para que su pérdida le hiciera sangrar así y no obstante seguir viviendo?

Algo —y esto le alcanzó con una punzada de dolor— que *él*, John Marcher, no había tenido; y la prueba de ello era precisamente el árido final de Marcher. Ninguna pasión le había tocado jamás, pues aquello era lo que la pasión significaba; había sobrevivido y divagado y languidecido, pero ¿dónde estaba *su* profunda devastación? Lo más extraordinario de lo que estamos hablando fue la repentina embestida de la respuesta a esta pregunta. La escena que sus ojos acababan de contemplar señalaba, como con letras de fuego, algo que él, insensatamente, había pasado completamente por alto; y lo que había pasado por alto convirtió aquellas cosas en un reguero de pólvora e hizo que se grabaran en él como una angustia de latidos interiores. Había visto *fuera* de su propia vida, no aprendido desde dentro, el modo en que se llora a una mujer cuando se la ha amado por sí misma; tal era la fuerza de su convicción sobre el significado del rostro del extraño, que aún llameaba para él como una antorcha humeante. El conocimiento no le había llegado de mano de la experiencia; le había rozado, empujado, tumbado, con la desconsideración de la casualidad, con la insolencia de un accidente. Sin embargo, ahora que la iluminación había comenzado, resplandecía en su apogeo y lo que en este momento estaba allí mirando con asombro era la profunda vacuidad de su vida. Miraba con asombro, tomaba aliento con dolor; se revolvía desalentado y al revolverse vio ante sí, escrita en caracteres más definidos que nunca, la página abierta de su historia. El nombre en la lápida le golpeó como lo había hecho el encuentro con su vecino, y lo que le manifestó, en pleno rostro, fue que *ella* era lo que había pasado por alto. Éste era el terrible pensamiento, la respuesta a todo el pasado, la visión cuya espantosa claridad le dejó tan helado como la piedra que tenía a sus pies. Todo se desmoronaba al mismo tiempo, se revelaba, se explicaba, le abatía y dejaba sobre todo estupefacto ante la ceguera que había abrigado. El destino para el que había sido destinado se había cumplido con creces: había bebido la copa hasta las heces; había sido el hombre de su tiempo, a quien no le iba a suceder nada en el mundo. Ése era el extraño golpe, ése era su castigo. Así lo veía, podría decirse, con un terror apagado, mientras las piezas iban encajando. Ella lo había visto, mientras que él no veía nada, y así ella le ayudaba en estos momentos a ver la verdad. Era la verdad, vívida y monstruosa que había esperado todo aquel tiempo, y la propia espera había sido su suerte. En un momento dado, la compañera de su vigilia lo había percibido y le había ofrecido entonces la posibilidad de burlar su destino. Pero uno no puede burlar su destino, y el día que ella le dijo que el suyo había llegado no hizo sino quedarse mirando fija y estúpidamente la liberación que ella le ofrecía.

La liberación hubiera sido amarla; entonces, *entonces* hubiera vivido. *Ella* había vivido —¿quién podría decir ahora con qué pasión?— porque le había amado por sí mismo; mientras que él nunca había pensado en ella (¡oh, con qué espanto lo veía ahora!), sino en la frialdad de su egotismo y con la vista puesta en su utilidad. Las palabras de ella volvían a resonar para él y la cadena se tensaba y tensaba. Ciertamente la bestia había acechado y, en su momento, la bestia había atacado; había atacado en aquel frío crepúsculo de abril cuando, pálida, enferma, debilitada, pero toda hermosura, y tal vez incluso entonces recuperable, se había levantado del sillón para estar frente a él y dejar que probablemente adivinara. Había atacado en el momento que él no adivinó; había atacado cuando desesperanzada se alejó de él, y la señal, cuando él se marchó de la casa, ya había caído donde tenía que caer. Había justificado su miedo y cumplido su destino; había fracasado, con la máxima exactitud, en todo lo que tenía que fracasar; y, al recordar que ella le había rogado que no tratara de saber, un gemido acudió a sus labios. Este horror de despertar: *esto* era el conocimiento, un conocimiento bajo cuyo aliento las mismísimas lágrimas parecían helarse en sus ojos. No obstante, a través de ellas, trataba de asegurarlo y retenerlo; lo mantenía allí, frente a sí, para, de esta forma, poder sentir el dolor. Aquello al menos, aunque tardío y amargo, conservaba algo del sabor de la vida. Pero, de repente, la amargura le enfermó, y fue como si, de una manera espantosa, viera en la verdad, en la crueldad de su propia imagen, lo que había sido dispuesto y cumplido. Vio la Jungla de su vida y vio la Bestia acechante; después, mientras miraba, la percibió, como una conmoción en el aire, alzarse, enorme y repugnante, para dar el salto que le destrozaría. Los ojos de Marcher se oscurecieron: la bestia estaba cerca y, en su alucinación, volviéndose instintivamente para esquivarla, se arrojó de bruces sobre la tumba.

EL BANCO DE LA DESOLACIÓN

I

En su opinión, a lo largo de su última y desagradable charla, ella le había transmitido prácticamente la insinuación, la espantosa, brutal y vulgar amenaza, aunque, a pesar del valor y la confianza que le quedaban —confianza en lo que alegremente él hubiera llamado con un poco más de agresividad la fuerza de su posición—, había juzgado mejor no tomarlo en cuenta. Pero ahora no se trataba de no entender o de fingir que no entendía; las amenazadoras y repulsivas palabras que despiadadamente salían de sus labios, eran como dedos de una mano que ella se metiera en el bolsillo con el fin de extraer el monstruoso objeto que mejor sirviera para —¿cómo podría él definirlo?— una declaración de guerra.

—Si dentro de tres días no he recibido una respuesta distinta por su parte, pondré el asunto en manos de mi abogado, a quien, por si le interesa saberlo, ya he visto. Presentaré una denuncia por «incumplimiento de promesa matrimonial» contra usted, Herbert Dodd, tan cierto como que me llamo Kate Cookham.

Allí estaba, contundente y sin ambages; aún así, cuando lo escuchó, e incluso al escuchar, sentía que por su parte era como si aquello alumbrara, como si ella hubiera pulsado un interruptor eléctrico, la luz más radiante de su mismísima razón. Allí estaba ella, en toda la magnitud de su natural grosería, en toda su prepotencia excesiva y carencia de escrúpulos; y aquella mujer, capaz de tan innoble amenaza —la clara conciencia de su naturaleza le aterraba—, era quien ahora hacía que pareciera un crimen el que él no deseara ligarse a ella de por vida. El hecho significativo y espeluznante era la realidad, totalmente inequívoca, de su propósito; había considerado el caso con todo detalle; había calibrado su odiosa y aparente respetabilidad; estaba seguro de que había conseguido el mejor asesoramiento que se podía obtener en Properly, donde siempre existía una disposición de primera clase para cualquier asunto de ínfima categoría; en resumen, era repugnantemente cierto que le demandaría; era astuta y hábil; más aún, en ciertos manejos, claramente una experta, pues, de no ser así, ¿cómo contando sólo con su limitado atractivo, había conseguido enredarle? No podía permanecer ciego ante la verdad más que probable de que, si se lo proponía, lograría su propósito. Ella sabía con toda seguridad que lo lograría; y su certidumbre se convertía así en prueba irrefutable de su crueldad.

Simular que le amaba no significaba comparativamente nada; otras mujeres lo habían fingido y también hubo otras que le amaron de verdad, pero que le hubiera hecho creer a él que posiblemente hubiera estado bien, protegido y a salvo amándola, a ella, una criatura capaz de olisquear aquella mugre de los tribunales, de supuestos daños y perjuicios, mentiras descaradas y besos pregonados, de cartas de amor leídas entre obscenas carcajadas como un tónico contra el resentimiento, como incentivo poderoso en su camino, esto fue lo que le hizo ver absolutamente claro. En verdad, ¡qué mente más diabólica y qué naturaleza tan asombrosa! Pero, afortunadamente, tampoco le cabía ninguna duda de que la intensa percepción que ahora tenía de estas cosas le llevaba a pisar más firme. Aparentemente, tendría que vivir atormentado de forma abominable, vivir conscientemente arrepentido, tal vez tendría que vivir lo que un mundo sarcástico llamaría abyectamente expuesto; pero, al menos, viviría a salvo. Sin embargo, a pesar de aferrarse a aquella verdad tranquilizadora y, a pesar de haberle manifestado, junto a muchas otras protestas y súplicas airadas, que la línea de conducta que ella planeaba seguir era propia de una camarera vengativa, un miedo latente, demasiado profundo para limitarse a despreciarlo, le obligaba a simular que dejaba entreabierta la puerta a un posible arreglo hasta que de un modo u otro pudiera enfrentarse a ella de nuevo. Él se había burlado de su petición, de su amenaza, de que hubiera llegado a pensar que podía estafarle y amedrentarle. ¡Pues vaya manera de resucitar un amor muerto!; aun así, con prudencia pero inútilmente, su impulso natural era ganar tiempo, incluso si el tiempo sólo le conducía a temblar más lamentablemente todavía; de momento, lo ganaba no lanzando el ultimátum de que no pensaba ceder a su petición. No tenía la más remota intención de ceder, pero, como era típico en él, durante tres o cuatro días respiraría mejor dejándola bajo la impresión de que tal vez lo haría. Al mismo tiempo, hubiera sido incapaz de decir qué le había impulsado a pronunciar la frase con la que se habían despedido, como réplica a las últimas palabras de Kate.

—¿De verdad quiere decir que estaría dispuesta a casarse y a vivir con un hombre que, tras la boda, diera la impresión de verla constantemente como una odiosa coacción?

—No se preocupe por mi disposición, ya sabe cuál

ha sido durante los seis últimos meses. Déjeme a mí con mi disposición, me ocuparé de ella perfectamente; usted ocúpese tan sólo de la decisión que adoptará sobre la suya —había contestado Kate.

Más tarde, se preguntaría si, cuando vuelto hacia ella en silencio, mientras su aborrecible lucidez dominaba irrefrenable, su rostro le había mostrado algo semejante al inmenso odio que sentía hacia ella. Seguramente no; no había rostro humano que pudiera expresarlo; especialmente el rostro hermoso, refinado, intelectual, su rostro de caballero que, según Kate había admitido repetidas veces, había sido al principio tan decisivo para enamorarse.

—Y ahora, con franqueza, personalmente ¿qué preferiría usted que hiciera? —le había preguntado con intención absolutamente irónica—: ¿Un casamiento sórdido después de todo esto o concederle el placer de su encantadora presencia ante los tribunales con sus inconmovibles (puesto que es así como lo ve), graves daños y perjuicios? ¿No se sentiría totalmente frustrada si en realidad no consiguiera de mí nada mejor que un pobre y sencillo anillo de oro de diez chelines y el resto de la blasfema basura que habría entre nosotros, proclamada ante el altar? Desde luego, doy por supuesto —había fanfarroneado— que no pretenderá por un momento que, tras este acto profano, emprendamos una vida juntos.

—Mi sueño sigue siendo como siempre emprender la mía con usted, Herbert Dodd. ¡Recuerde que lo deseo, querido, que estoy incluso tan a su favor como usted mismo! —había gritado—; recuérdelo, Herbert Dodd; ¡recuerde, recuerde!

Estas palabras le habían dejado francamente, con un escalofrío mortal. Podría haber sido el último eco de una súplica o una muestra de persistente y perversa ternura, por muy descabellado que fuera el asunto; pero, de hecho, su cara morena, grande, limpia y vulgar parecía tan expresiva como el escaparate de la tienda de Herbert cuando la amarillenta persiana ancha y lisa estaba echada. Ahora percibía mejor que nunca cómo su rostro era demasiado grande para su cabeza, de la misma forma que su cabeza era demasiado grande para su cuerpo y de igual modo que sus sombreros parecían rechazar de un modo irritante toda selección y avenencia respecto a cualquiera de las dimensiones de su cuerpo. A Herbert le gustaba el escaparate de su tienda con una exposición bien seleccionada; le agradaba el escaparate bien puesto y era especialista en veinte esquemas distintos en el arreglo de libros y grabados antiguos; «rarezas de primera categoría» las llamaba en el modesto catálogo con el que negociaba y que su tío materno, David Geddes, le había «transmitido», como a él le gustaba decir. Su madre viuda le había sacado todo al respetable anciano poco antes de morir: las existencias, las relaciones y la casita bastante ruinosa en la calleja bastante ruinosa, en nombre del más joven e interesante de sus hijos, el más «delicado» y literario de sus cinco diseminados y esforzados hijos. Él sabía disfrutar con la colocación, los contrastes y efectos más acertados, con las armonías y variedades de piel y tela matizada y desvaída, sus buscadas tarjetas de color y la intensa claridad, aquí y allá, de las etiquetas blancas y hermosamente numeradas con el precio, que le gustaban lo suficiente en sí mismas como para consolarle casi por no tener que irrumpir más a menudo, ante la insistencia de un cliente, en la equilibrada composición. Pero la extensión de lona echada, sucia por el tiempo, la cosa de los domingos y días de fiesta, con sólo su nombre: «Herbert Dodd, Heredero», pintado sobre el ya antiguo diseño de su tío, las tenues florituras como a plumilla —bastante arcaicas ya—, aquella horrible máscara vacía que podía tan fácilmente tomarse como la máscara del fracaso, siempre le producía en cierto modo un escalofrío.

La analogía era completa, porque precisamente aquél había sido la clase de escalofrío que le produjo la última mirada de Kate Cookham. Suponía que la gente que hacía magníficos negocios, seguros y firmes, en el campo que fuese, podía ver la fachada completa vuelta hacia el vacío de aquella misma manera, y pensar simplemente en las horas pasadas que les había costado conseguir aquello. Solamente por esta razón (difícil de aguantar en otras palabras, y puesto que Herbert Dodd, que efectivamente tenía temperamento literario, era capaz de aquel juego imaginativo o incluso de análisis morboso), uno tenía que apoyarse en alguna base, uno tenía que sentir algún tipo de confianza, muy diferente de la que él había sentido hasta ahora. Nunca había dejado de disfrutar pasando ante su escaparate por la otra acera de la calle y observándolo desde allí con una indiferente oblicuidad; pero nunca había mantenido comercio óptico con la persiana bajada más tiempo del necesario. Le parecía *siempre* horriblemente terminante y como si nunca más fuese a levantarse. Grande y desnuda, con su nombre mirándole fijamente desde el centro, ofrecía en su inflexibilidad un punto de comparación con el rostro siniestro de Miss Cookham. Ella nunca se ponía hermosos velos transparentes con puntitos como los que llevaba Nan Drury; y las palabras «Herbert Dodd» —si no fuera porque en un par o tres de ocasiones las había proferido más como una Meg Merrilies o como la intrépida mujer mala en uno de los melodramas de alta sociedad representados durante el verano en el Pabellón situado al final del muelle Properley– estaban de manera permanente y molesta en sus labios. No cabía duda de que era inflexible.

Aquella noche, solo, en la habitación trasera de encima de la tienda, veía tan pocas salidas que, conscientemente desmoralizado en aquellos momentos, dio rienda suelta a las lágrimas. No podía sobreponerse a la actitud increíblemente rastrera que ella había adoptado. La singular amargura de este trago era causada por haberse dejado arrastrar a una lucha en semejantes términos. El uso, por parte de Kate, del procedimiento legal más vulgar: el más vulgar, el más vulgar, seguía repitiendo, aferrándose al consuelo que le ofrecía atribuir a su atormentadora el vicio al que, a pesar de las dificultades –¡y sólo él sabía cuántas!–, sinceramente creía haberse mantenido ajeno. Sabía quién era él, en una posición social bastante miserable y oprimida: el joven propietario pobre de un viejo negocio que, más que robustecerse, se había encogido con la edad: la compraventa de libros usados y grabados, en la calle trasera de un balneario de gran fachada en la costa sur (en la Ciudad Vieja por suerte) donde transcurría el oscuro curso de su vida. Pero se había preocupado de educarse al máximo: sus clientes cultos rondaban a menudo para charlar un poco más de la media hora que, cada vez, con cautela y casi con escrúpulos, les retenía allí; eso significaba que tenía (no podía permanecer ciego ante aquello) gusto natural y que lo había cultivado y formado con amor. Así hasta donde le era dado recordar, había habido cosas a su alrededor que le hicieron sufrir y ante las que otra gente permanecía indiferente; y él había guardado para sí la mayor parte de su sufrimiento, lo que le enseñó, en cierto modo, cómo sufrir y casi cómo llegar a disfrutarlo.

En todo caso, nunca había perdido el sentido de ciertas diferencias; había hecho lo que podía para mantenerlas vivas y acordes con que la vulgaridad estaba en el polo negativo de su línea de conducta. Durante una serie de meses extraños y opresivos, creyó que los modales y el tono de Kate Cookham eran irreprochables; había sido institutriz en dos excelentes y distinguidas familias, y ahora daba clases de literatura e historia a chicas mayores, persuadidas a veces por sus mamás; en realidad, había entrado en la librería a mirar su colección de libros de texto y se había demorado, como tantos otros, por el placer de la conversación, deslumbrándole en aquella primera ocasión por sus aparentes cualidades intelectuales —¡bien sabe Dios que no por las físicas!—, que exhibió hábilmente hasta que le tuvo atrapado y sin escapatoria. Todo había sido —cuando logró desmontar las piezas una a una—, la más burda de las trampas, tendida sobre la más descarada avaricia. No obstante, lo que ahora le hundía —lo que le dejaba abatido en el sillón junto a la mesa y alimentaba los sollozos débiles y aterrados entre sus brazos en reposo—, era el hecho de que, fuera cual fuera la trampa, le tenía atrapado como una garra de acero cortante y sanguinaria. Ahí estaba, ahí, solo, en el dorado atardecer de verano que entraba por sus ventanas, llorando y llorando. No podía escapar sin perder algún miembro. Lo que no sabía era cuál de sus miembros sería.

Más tarde, antes de salir —pues finalmente sintió la necesidad de hacerlo— sólo pudo, inclinado sobre el lavabo, intentar borrar de su rostro y de los ojos que le delataban las huellas de su falta de fortaleza. Se recompuso y, al sorprender en un viejo espejo deslustrado su ligeramente espectral imagen agotada, volvió a vislumbrar, como un relámpago, el fulgor del justo resentimiento. ¿Quién podría estar a salvo de un trato grosero si un hombre de su condición realmente elegante, en realidad tal vez de apariencia excesivamente refinada o decadente, y absoluta caballerosidad, no podía estarlo? Nunca había llegado al extremo de vanagloriarse de ser un caballero; pero estaba dispuesto a mantener contra viento y marea, con total candor, y alegándolo como una enorme ventaja, que, a pesar de su facilidad para el llanto, «parecía» un caballero; y que sin duda lo *era* en lo referente a varios extremos de este asunto. ¿Qué tipo de dama entonces era Kate Cookham? ¿Quién podría confundirla alguna vez con una dama? y, en consecuencia, ¿cómo podía uno tener algo que ver con ella –algo de orden íntimo y privado– limpiamente y a un nivel de igualdad mutua, que era el único posible? Podía encontrarse tullido para siempre; cuanto más lo pensaba más firmemente creía que eso era lo que le aguardaba. Pero acabó por ver este destino a la luz casi redentora del hecho de que todo había sucedido por ser él en comparación con ella demasiado aristocrático. Sí, un hombre de su posición no podía permitirse llevar aquello tan lejos; antes o después, de un modo u otro, le acarrearía la ruina. No importaba, no podía ser de otra manera. Por supuesto, podía sufrir intensamente, pero ¿cuándo no había sufrido él intensamente? ¿Cómo, por el sistema que fuese, iba a vivir sin eso? No era de extrañar que una mujer como Kate Cookham hubiera deseado apropiarse de algo tan valioso, por lo escaso. Lo justo hubiera sido que ella pagara el precio más elevado en lugar de ser él, por una extraña lógica, quien se encontrara en la agobiante situación de tener que pagar.

II

Por supuesto, así se lo relató a Nan Drury —cuando sintió la inmediata e imperiosa necesidad de hacerlo—, porque, quizás, de un modo u otro, pensaba que sería capaz de soportarlo todo con ella, mientras estaban sentados —cuando tenían ocasión y posibilidad— en uno de los últimos bancos del extremo occidental del interminable paseo marítimo. No todo el mundo se aventuraba hasta allí, especialmente en aquella desabrida estación —ahora, el único eco de bullicio, a no ser por la gente locuaz y estrepitosa que rondaba el flamante Muelle cuyas luces brillaban a lo lejos, se reservaba para el alegre desfile de mediados de invierno—. No todo el mundo prestaba atención a las puestas de sol —que desde allí se divisaban maravillosamente bien, un singular punto fuerte del horizonte meridional de Properley, el más «favorable», como le gustaba llamarlo a Herbert Dodd— con la misma intensidad que él se la había prestado siempre, y cómo descubrió que Nan Drury se la prestaba, por no hablar de lo poco que le interesaban a Miss Cookham, según observó también. Había enseñado a su tiránica compañera a fijarse un poco en ellas, del mismo modo que le había enseñado muchas otras cosas, pero aquello era otro asunto. Aquel «finisterre» (en su punto más alejado se le daba aquel nombre), había sido forzosamente, a falta de lugares más recogidos y más cómodos, el escenario de la mayor parte de lo que ella llamaba su noviazgo o, para ser más exactos, del tiempo en el que ella le había cortejado de la forma más constante y descarada; del mismo modo que en lo sucesivo haría posible que, con igual rigor, él disfrutara de períodos de consuelo ofrecidos por la hermosa, dulce y tierna Nan, a la que ahora por fin, después de lo maravillosamente que ambos se habían comportado, iba a hacerle la corte con tanta energía como nunca lo había hecho, sin reservas y con absoluto abandono, con un amor totalmente romántico y atolondrado, como un refugio de la venenosa realidad.

La retirada dársena de una legua de longitud, pavimentada, alumbrada, ajardinada y con bancos abandonaba sus atracciones más o menos alabadas y se interrumpía a poca distancia de aquí describiendo una curva hacia el interior de la benigna costa oeste como una bahía de amplios brazos que abarcaba todo lo feo entre la ciudad y el campo, y la lejana cenefa ocasional de la costa volviéndose, a medida que el día declinaba, hacia los intensos colores de la tarde, grises, marrones y un lejano azul que podría haber sido justificadamente el del hermoso Hampshire. Aquí fue donde, a lo largo de todo aquel desgraciado verano con Nan —desde el espantoso día de mayo—, se abandonó a un sentimiento de intimidad con la clase de mujer que por lo menos le gustaba; aun cuando tuviera que verse privado para siempre, por lo que podía deducir, del resto de cosas que hacían la vida posible. Aquí fue donde —a la mínima ocasión— Nan empezó a quitarse, doblar y guardar en el bolso el bonito y digno velo moteado, como si a consecuencia de la turbulenta ruptura del compromiso de Herbert con otra mujer, hubiera sido sacudido por un oscuro vendaval de tormenta. La supresión de aquel obstáculo frente a un amigo de confianza al que se aseguraba que la piel de melocotón de sus finos rasgos faciales toleraba la prueba del escrutinio más directo de su fría dulzura, como podía confirmarlo una mirada perpleja, y la entrega total y decisiva de sus encantos, digamos que marcaron el cambio en la situación de la pareja y eran prueba del total respeto a las convenciones que habían guardado hasta entonces. En realidad, más tarde, podían haberlo fechado como el día en que estrangularon su libertad por completo y en que sintieron la felicidad de no tener, en adelante, demasiadas cosas por las que preocuparse, salvo por su impotencia, su pobreza, su ruina; fechado desde la hora en que Herbert contó a Nan —ruborizado— el pasmoso estallido de la segunda y concluyente «escena de violencia» con la dueña de su suerte, con la que había tenido que pactar expresamente y de manera vergonzosa las calamitosas condiciones de su liberación. Ella «se avino», la bestia despiadada, a recibir cuatrocientas libras —ni un penique menos— como precio por su renuncia a presentar una demanda judicial. Ningún jurado del país le hubiera condenado a pagar menos de seiscientas libras. («¡Muchas gracias, pero Kate sabía muy bien el terreno que pisaba!»), y podía considerarse afortunado de salvar la piel en aquel asunto. Así pues, ésta era la suma por la que rastreramente había capitulado, tras un acuerdo sellado por un intercambio final de recriminaciones.

—¿Dónde demonios va a encontrar cuatrocientas libras? —le había repetido Miss Cookham en tono burlón mientras él jadeaba como si le estuviera retorciendo el cuello con sus garras—. Allá usted; yo hubiera pensado que estaba seguro de a qué se exponía antes de decidirse a su ruin traición. –Y después, había formulado con voz hueca y remilgada, más gentil y falsa que nunca, su firme y repugnante conclusión–. Desde luego –se lo vuelvo a repetir–, si usted se opone claramente a las incomodidades de tener que buscar el dinero, ya sabe dónde *encontrarme*.

–¡Antes me moriría de hambre que acercarme a una milla de distancia de usted! –Herbert comentaba que le había respondido con dulzura; y en consecuencia, así estaban los dos, él y la indigente Nan Drury, consagrados el uno al otro pero desesperados. El padre de Nan, de la firma Drury & Dean, era, hasta la fecha, uno de tantos personajes inquietos que atisbaban a través de los cristales empañados de las oficinas polvorientas de Properley, agente de la propiedad inmobiliaria, topógrafo, tasador y subastador; ella era la más bonita de seis hermanos, con dos chicos que no servían para nada, pero gracias al modo en que su principal protector natural parecía languidecer bajo la acumulación de sus múltiples atribuciones, no podía decirse de forma muy concreta o con seguridad cómo sobrevivían. La continuación de su existencia colectiva tenía mucho de milagroso incluso para ellos mismos, aunque se habían habituado a no intercambiar sin necesidad comentarios demasiado tensos sobre el tema, e incluso, en cierta manera, con el tiempo habían acabado por acostumbrarse. La meditativa rubicundez de Nan cuando hablaba con ella, sus labios muy entreabiertos, dejando a la vista los hermosos dientes, sus párpados muy amplios, dejando ver los hermosos ojos, todo aquello que podía haber correspondido a una imagen de cera representando la fe incondicional, enfriaba el ardiente desamparo de Herbert como si reclinara la cabeza en una tensa almohada de seda. Ella usaba, era cierto, formas de lenguaje, consignas familiares que le conmovían como si desde dentro surgieran pequeñas perforaciones punzantes en la lisa superficie; pero el placer que encontraba en ella y lo mucho que la necesitaba eran independientes de estas cosas, y en realidad estaban casi totalmente determinados por sus modales alegres, aun cuando todo fuera tan triste, y los impulsos naturales en ella afines a los suyos. Con su elegancia natural, impresa como con troquel, su velado y desposeído donaire personal, que hubiera impedido que pasara desapercibida en cualquier lugar: sombrero con velo, boa de plumas, sombrilla de elegante empuñadura y todo lo demás, amén de la distinción de la figura sin excesos que Dios le había dado, Nan, en resumen, era tan incapaz como él de soportar la vulgaridad.

Así pues, considerando la tensión a la que Herbert estaba sometido, no parecía importarle mucho que, por ejemplo, Nan continuara remitiendo tantas cosas a la época, como ella decía, en que entró en su vida; Herbert mantenía con gran insistencia y argumentos que ella de ninguna manera había entrado allí hasta que él no se hubo decidido por completo a prescindir de su otra amiga; lo que Kate, aquella furia sistemática, quería darle a entender claramente era que le había traicionado con Nan; en tanto que el precioso derecho de Herbert a mantener bien alta la frente ante todo, al menos ante a sí mismo, radicaba en que ella no pudiera hacer coincidir las fechas de ningún modo. Él ni siquiera había oído hablar de la existencia de su verdadera belleza (hacía sólo unas pocas semanas que Nan había regresado de Swindon, tras pasar dos años con su espantosa y exasperante tía recién fallecida, y antes de aquella ausencia, era sólo una niña que pasaba inadvertida) hasta mucho tiempo después —lo juraba por su honor— de haber tratado de recuperar su libertad mediante su primera gran carta de retirada: el precioso documento que haría las delicias de un jurado británico y que, según los abogados de Miss Cookham, ofrecía a su poseedora una fortuna en perspectiva. La manera en que los secuaces habían pasado a ser «sus» secuaces (¡parecía que les hubiera apostado tras ella desde el inicio de aquel juego!); el modo en que las «órdenes» salían despedidas, con un alcance gigantesco, ¡cómo si ella hubiera llegado con los bolsillos llenos de ellas!; la fecha de la carta, asociada a otras cosas relacionadas con ella, y la fecha de lo que para él era la primera traición de Kate: haberla visto descender del tren de Brighton con Bill Frankle aquel día que fue a la oficina de correos de la estación a protestar por el extravío de una caja que venía de Gales; aquellos eran los hechos que a él le bastaba señalar, como los había señalado —¡bien lo sabía Dios!— repetidas veces, en consideración a Nan Drury. Si no había buscado la ocasión de hacerlo ante nadie más —en los tribunales, tal como le aconsejaban— era asunto suyo, o por lo menos suyo y de Nan.

Entretanto, poco importaba si en su banco de la desolación, durante todo aquel verano —y tal vez durante veranos y más veranos, por no contar los futuros inviernos allí y en cualquier lugar— Nan cediera a su ingenua costumbre de no contradecirle, lo que la llevaba a arrastrar ante él, una y otra vez, con excesiva complacencia e inoportunamente, los jirones y pedazos del abatimiento y desesperación del propio Herbert.

—«Bueno, me alegro de formar parte de tu vida, por terrible que sea, y de haber entrado en ella cómo y cuándo quiera que fuese!» «*Por supuesto* que preferirías morirte de hambre —como sin duda sucederá— antes que haber pagado tu rescate con un amor aborrecible y falso, ¿no es cierto?» «¿No te cortejó del modo que lo hizo aun antes de haberla mirado siquiera o como si no le hubieras demostrado lo que en realidad pensabas de ella antes incluso de fijarte en mí?, ¿es que no tengo razón?» Y, «¿cómo demonios vas a lograr reunir otro chelín si no empeñas hasta los zapatos que llevas puestos? *Eso* es lo que te gustaría saber, ¿verdad, cariño?»

III

Su acreedora, en el momento que le convino, trasladó su base de operaciones a la ciudad, a cuyo impenetrable escenario también ella se había retirado; la recolecta de las primeras doscientas libras a lo largo de cinco meses de tristeza y desesperación y luego de otras setenta libras más, fue una sangría penique a penique, tras largas demoras y bajo el latigazo epistolar que el abogado londinense hacía restallar en su desdichado oído, similar al chasquido producido por el mismísimo informe en boca de Miss Cookham. Estos deprimentes esfuerzos semejaban una ascensión a gatas por un abrupto precipicio con falsos escalones que fallaban, en el que las rodillas desnudas se desollaban, y donde las manos lograban agarrarse a los matojos del camino o fracasaban en su intento, siguiendo un sistema al que la pobre Nan habría podido acceder de forma más inteligente si no hubiera sido tan remilgada. Ella continuaba, con morboso tono trémulo, insinuándole dónde encontraría el resto del dinero, el inextinguible resto, mucho después de que él, en un acceso de cólera muda, hubiera suspendido los pagos. En un principio, se había sentido de un modo atroz, ante la todavía probable no exclusión de algún penetrante rayo que le dejara *expuesto.* Ahora no le importaba un maldito comino; y de hecho, una vez que hubo conseguido a todo trance devolver la cantidad de doscientas setenta libras, simplemente devolvió sin abrir el último documento recibido conminándole a pagar. Este último signo de rebeldía, tardío pero real, el primero al que se había atrevido, curiosamente no provocó que sucediera nada en absoluto; por lo menos nada que no fuera su disposición a preguntarse con dramática tristeza si un gesto semejante no hubiera sido más eficaz de haberse producido antes.

De todos modos, para entonces Herbert podía calcular el grado de su ruina; tres exorbitantes hipotecas sobre su casa, su tienda, sus existencias y una carga de intereses bajo cuyo peso su negocio quedó postrado sin vida, sin fuerza para dar un puntapié de protesta, sin aliento para un gemido de súplica. Los clientes, que se demoraban para gozar de los sustanciosos comentarios que intercalaba con discreta y cultivada habilidad, habrían encontrado, en esta crisis, un buen modo de recompensárselos, si su ingenio se hubiera desviado un poco más abiertamente de la inmediata cuestión de los méritos de un autor u otro o de las condiciones de este o aquel volumen y hubiera suscitado en sus clientes interés por sus problemas materiales. Se había dado cuenta de que miraba a la gente de una forma extraña cuando intentaban regatear y no, como antes, con la mirada irónica del que comenta una broma pesada de los clientes, sino con la mirada absolutamente idiota de la rendición; como si se equivocaran al suponer, por razón de la conversación, que él podía considerarse redimible por la diferencia entre siete y nueve peniques. Veía cómo todo tipo de cosas insoportables y deplorables sucedían como una interminable prolongación de su pesadilla; se veía a sí mismo avanzar con la más sutil y espléndida incoherencia hacia la esperada preparación de su catástrofe. Todo acabó pareciendo formar parte de ella, a despecho de las proporciones; el extremo incluso al que, en aquel banco de la desolación (donde cada hecho sucesivo de su abrumador caso se recortaba contra el poniente rojo como una tenebrosa y absurda silueta), llegó su desinterés por las vulgares desgracias de la pobre Nan, que en su mayor parte no evolucionaban con el paso de los años y los cambios sino que únicamente se agitaban como guisantes secos en un sonajero infantil, siempre los mismos guisantes, desde luego, hasta que el sonajero no se resquebraje y se abra por el uso o por un acceso de cólera. Sus desgracias representaban, o al menos habían representado durante mucho tiempo, la contribución de Nan a la más superficial de las dos esferas de su intimidad: la alternativa intelectual, la única que no consistía en prepararse para que él la cogiera con el brazo por la cintura. Sin embargo, durante los dos primeros años, hubo momentos en que Nan solía tocar uno de los puntos sensibles de Herbert, aunque él se esforzara en disimularlo; también había, para hacerle justicia, otros momentos en los que Nan le invitaba a degustar no su propia sagacidad, o incluso su extravagancia, servida fría, sino un pequeño fruto de su personal y artificial cosecha.

—Me pregunto por qué si *ella* se asesoró legalmente con tanta libertad para proceder contra ti, no te asesoraste mínimamente tú también, antes de estar tan seguro de que no tenías ninguna posibilidad. Tal vez *tu* abogado te hubiera dado una opinión totalmente distinta, bueno, es sólo un decir, ya sabes. —Tan sólo era un decir, pero, no obstante, al principio, lo decía una vez cada quince días más o menos. Más tarde, especialmente después de la boda, volvió a surgir el mismo tema excluyente, según le parecía a Herbert, casi de cualquier otra cosa; en realidad, durante los años más deprimentes, los tres en los que perdió a sus dos hijos, y el largo periodo de sórdida vergüenza que acabó con la muerte de Nan, le quedó la sensación de que lo repetía varias veces al día. También recordaría luego que su respuesta, antes de que Nan aprendiera a desestimarla, era reiteradamente la misma: «¿Qué hubiera hecho o hubiera intentado hacer, cualquier abogado sino arrastrarme precisamente a la odiosa arena pública? –siempre lo decía así–; ése ha sido en todo momento mi orgullo y mi honor, el único jirón de autoestima que cubre mi desnudez, el haberlo aborrecido y evitado por todos los medios». Aquella frase había puesto punto final a aquel asunto mientras a él le importó el problema, y cuando dejó de importarle todo, aquello se diluyó también en la insubstancial cháchara casera. Después de la muerte de su esposa, durante aquel año de soledad mortal, volvió a despertar de nuevo como un eco de cosas lejanas, muy lejanas, lejanísimas, porque entonces se sentía no ya diez, sino veinte años más viejo. Aquello se debía simplemente al peso muerto que implicaba la carga de su deuda –la continuidad de su dilatada miseria–. A pesar de los vaivenes de la vida, el banco de la desolación aún continuaba allí, como el eterno rubor del cielo de poniente continuaba suspendiendo su indestructible cortina. Herbert Dodd no se había alejado –todo le había abandonado, pero él no había sido capaz de dar la espalda a nada–; y ahora, terminada su jornada de trabajo frente a un sucio pupitre de la compañía del gas, muy a menudo, ya que casi cualquier estación del templado Properley era adecuada para él, emprendía el lento camino sin detenerse hasta el final del espigón y, dejándose caer allí para descansar, solía quedarse sentado durante una hora seguida con la mirada fija al frente. En estas sesiones, con los ojos puestos en el mar verde gris, podría haber vuelto a pasar una y otra vez las cuentas –casi desgastadas por el uso– de su rosario de desgracias que tenía para los dedos de la memoria y las reiteraciones de la sorpresa las mismas pausas al tacto que entre las cuentas pequeñas y las grandes, y que hubiera podido acompañar una plegaria piadosa junto al altar de una capilla sombría.

Si ya hemos dicho que cuando fue consciente del naufragio total que desde mucho tiempo atrás obviamente le aguardaba, se veía a sí mismo, con fría lucidez, actuando puntual e irremediablemente de forma tan deplorable que le impedía mantenerse a flote, así ahora podía quedarse absorto de nuevo simplemente ante el carácter grotesco de aquella vigilia. Lo único que ahora le quedaba por contemplar eran aquellos fantasmas de las estaciones muertas: las sensaciones revividas, como por ejemplo, la deprimente y vana lucidez que había acompañado a la celebración de su matrimonio. Había dejado que su hundimiento total y definitivo fuera la señal para casarse con Nan, unido a un pequeño incidente secundario: la repentina desaparición de Mr. Dean con la cajita metálica en la que había logrado comprimir los certificados de crédito de la empresa y que, por aquel entonces, tuvo consecuencias más o menos desfavorables en el negocio de Drury & Dean. Lo único que Herbert Dodd pudo hacer fue casarse con Nan o, de todos modos, fue lo único que se le ocurrió. Sin duda, podría no haberse casado, del mismo modo que podría no haber tenido que sufrir la máxima humillación y casi la miseria, del mismo modo que su esposa e hijos podrían no haber muerto debido a lo poco que él era capaz de darles, ante los espantosos y reiterados aprietos a los que se veía sometido; pero, meditándolo al fin en solitario, era extraño que no hubiera visto la manera definitiva de asegurar la subsistencia de su familia hasta que las últimas migajas de su vulgar y pretencioso negocio y el último vestigio de propiedad en la vieja estantería de madera y azulejos en la que se alojaba, hubieran sido sacrificados a los acreedores que llegaban en filas de seis en fondo.

Desde luego, lo que también había contado en el extraño estado de cosas era que, incluso al final de los dos o tres años en que había permitido que Kate Cookham se atiborrara a costa del atroz tributo que él le asignaba, nadie, ni Bill Frankle ni ningún otro —por lo que podía deducir— había logrado asediarla con éxito. Kate había considerado decente —en esto se le podía hacer justicia— desaparecer definitivamente del mundo de Herbert, como él lo llamaba, tan pronto como empezó su regular sangría; y fuera cual fuera la lucrativa actividad a la que ella había dedicado su gran talento en Londres o en otro lugar, Herbert notaba que la curiosidad consciente que sentía por ella se enfriaba con el paso del tiempo como se había enfriado el sufrimiento de inútil protesta con el que Kate le había dejado al principio. A lo largo de aquellos años amargos, sólo recordaba dos ocasiones en las que había recibido noticias suyas y ambas le habían llegado a través de Bill Frankle, un bribón frustrado y abandonado y, en última instancia, notablemente ingenuo, que también, desde hacía tiempo, había empezado a vagar por el mundo, pero que, de vez en cuando, aparecía por allí durante unos días. La primera vez que se encontraron —todo el mundo acababa tarde o temprano por encontrarse en Properley, si es que a eso podía llamársele encuentro, en el fulgor o tenebrosidad del detonantemente atractivo malecón— Herbert

Dodd se había percatado inmediatamente de que ninguna corriente de dinero, de la cual él mismo pudiera ser la fuente remota, había alcanzado el curso de la vida de este conocido despreciable. Aquello no encajaba con lo que había previsto y quedó todavía más intrigado cuando, mucho después, se enteró de forma indirecta de que se creía que Miss Cookham estaba, o había pasado «de incógnito» unos días entre ellos, y que Frankle, que la había visto y pretendía saber más de lo que decía, era citado como testigo del hecho. Pero no había visto a Frankle en aquella ocasión; sólo le había extrañado, y un cierto grado de misterio subsistía aún. Aquel recuerdo se remontaba a la época sombría de la quiebra del viejo Drury, a las pocas semanas entre la miserable huida de su socio y la reacción del propio Herbert de conducir a Nan al altar para recibir la bendición del vicario de St. Bernard una mañana de diciembre muy fría y triste, entre un círculo de siete u ocho caras largas de nariz colorada y en conjunto desaliñadas. Por entonces, la pobre Nan había llegado a resultarle poco más que otra de aquellas personas desaliñadas de nariz colorada, pero esto sólo se sumaba, según lo veía entonces y aún seguía viéndolo, a su general y particular morbosa valentía. Había cultivado la ignorancia, había pocos lujos íntimos, inmateriales, que pudiera acariciar celosamente incluso en la más cruel indigencia; y uno de ellos estaba representado por esta fácil negativa de su mente a rendir a ciertos pasajes de su experiencia, a varias imágenes horribles, el homenaje de su atención continuada. Aquello le servía y le ayudaba; pero cuando, pasados doce años de miseria, se sentaba solo y escarnecido otra vez, como si la gran ola de desgracia le hubiera arrastrado más allá de todo y luego se hubiera retirado visiblemente, era como si, varado por efecto de la marea, depositado en el solitario hueco de su destino, sintiera que incluso el orgullo que le sostenía se desmoronaba y no le ofrecía ya estímulo alguno cuando, terminada la tarea cotidiana, el viejo desconcierto avanzaba a hurtadillas en la oscuridad.

Ahora sus veladas de modesto oficinista eran completamente ociosas; pero, sin embargo, a su alrededor no había nada en absoluto con lo que su imaginación, entumecida y rígida por tan larga sequedad, pudiera jugar. En el silencio se alzaban lejanas voces temblorosas y, entre ellas, Herbert percibía con creciente frecuencia el débil gemido de su esposa. Cuando vivía, él se había mostrado sordo ante él, pero ahora, después de tan largo intervalo, volvía a escucharlo una y otra vez, y le parecía que sonaba como al presionar un frágil muelle roto. Formulaba en su oído la eterna pregunta, la pregunta a la que Nan había llegado al fin como obsesionada por la revelación de una afrenta ultrajante, una afrenta que además tenía su origen en la actuación de Herbert más que en cualquier otro lado. «¡Y pensar que no te aseguraste de lo que ella podía hacerte, que no te aseguraste porque estabas demasiado asustado!» —esta evocación había terminado por ocupar una parte tan importante en la reducida conciencia final de Nan que excluía cualquier otra cosa.

Sin embargo, en aquella época, había llegado a aceptarlo; tenía por entonces asuntos en que ocuparse más urgentes que el gusto de aquella pobre criatura por el dolor lacerante; pero, en realidad, lo que le impresionaba no era la pregunta en sí, sino el hecho de que aquel gusto fuera lo único que le había quedado de todo lo que la vida había traído y llevado. Así eran las cosas; no le quedaba nada en el mundo, en el banco de la desolación, sino la opción de retomar aquel eco y abundante tiempo de ocio para poder hacerlo. El que no se hubiera protegido contra lo que podían o no hacerle, el haber tenido demasiado miedo, ¿guardaría alguna relación con su actual percepción de las cosas? Por descontado que para responder a esta pregunta tendría que haber podido decir en qué consistía su actual percepción de las cosas; Herbert lo consideraba un esfuerzo aburrido, hasta tal punto tenía hundidas sus facultades mentales —aunque tal vez fuera aquella la hazaña que estaba buscando realizar mientras miraba fijamente el mar verde gris.

IV

No era frecuente que se viera asaltado por oscuras meditaciones o que en sus temporadas favoritas, en especial durante el largo intervalo otoñal entre la época de los excursionistas y la de las sillas de inválidos, los paseantes rezagados que iban hacia el oeste fueran tantos como para irritar su arraigado sentido de prioridad. Para Herbert, su asiento, el límite de su paseo, era sagrado; durante años había representado para él su fin último (a pesar de que había otros bancos que, aunque a cierta distancia y colocados de modo diferente, podían haber aspirado al título); por eso, a medida que se acercaba, era capaz de distinguir con recelo y divisar a distancia cualquier ocupación accidental, y jamás se aproximaba mientras durase aquella desagradable situación. Lo que le molestaba era tener que transigir con su costumbre, tanto si se trataba de un hombre, una mujer, o una pareja embobada; los idiotas de esta última especie eran los que más le irritaban, después de las veces que, en el pasado, se había sentado allí, solo, y con Nan durante horas interminables y... bueno, con otras mujeres, cuando las mujeres, en momentos de tranquilidad, aún le interesaban o contaban para él en alguna medida; pero jamás había compartido aquel lugar con extraños pesados de voz gangosa.

Su mundo monótono en aquellos momentos era, no obstante, un mundo de agitación y sobresaltos, en el que, según Herbert concluía, sólo él poseía el secreto de la dignidad de sentarse inmóvil con su propio destino; por consiguiente si daba un paseo o descansaba brevemente en cualquier otro sitio, incluso los ridículos galanes acababan resultando por extensión tan visiblemente sosos como el modo de arrellanarse en el banco, aunque esto jamás les había pasado a él y a Nan. Entonces, cuando volvían la espalda, él se dejaba caer allí, en el banco de la desolación, en lo que él y sólo él lo había convertido por triste adopción; y donde, además, por la misma razón, una vez lo hubo establecido como su objetivo, quedó marcado como un lugar en el que nadie más volvería a sentarse. A lo largo de la dársena, veía a la gente tomarse esta libertad con otras figuras en reposo, pero, en general, la suya les parecía una vecindad o bien demasiado sombría o simplemente deslucida en exceso. Podría ser que los paseantes le tomasen por un malvado, insociable, posiblemente ocupado en tramar un delito; o lo que era más probable –porque en conjunto seguramente parecía inofensivo– dedicado a venerar algún remordimiento completamente inútil.

Cierto sábado de octubre salió temprano como de costumbre; pero la luz de la tarde, cuando su peregrinaje le arrastraba a su objetivo, le reveló, a gran distancia, el hecho extraordinario de un usurpador ocupando su banco. Su primer impulso, como era habitual, fue desviarse un poco y esperar, sobre todo porque la ocupante del banco era una dama, y las damas solas no permanecían mucho tiempo en aquel solitario extremo del tramo frontal; pero vio cómo aquella persona se levantaba, cuando él todavía estaba a unas cincuenta yardas, y dándole la espalda, se dirigía al borde de la amplia terraza, cuya línea exterior continuaba la espaciada sucesión de asientos, protegida por una barandilla de hierro que subía desde el abrupto desnivel de la playa. Allí se detuvo, frente al mar, mientras nuestro amigo por su parte, no viendo razón que lo impidiera, se hundió en el lugar que ella había dejado. Había otros bancos, hacia el este y a lo largo del paseo, para damas indecisas. La dama que así se imponía a la vista de Herbert podía haber resultado para un extraño no tan indecisa o indecisa con una perversa intensidad que sugería algún propósito.

No es que nuestro observador pensara estas cosas de inmediato; sólo se percató, y sin demasiado interés, de que la intrusa presencia era una verdadera dama; de que iba vestida –Herbert se fijaba en estos detalles– con cierta elegancia convencional y deliberadamente conjuntada, y de que permaneció completamente inmóvil durante un buen rato; tanto, en realidad, que dejó de prestarle atención; y como ella no estaba justo delante de él, sino un poco a la izquierda, lo suficiente para no verla de perfil, Herbert dirigió la vista a una de sus puestas de sol (aunque no era una de las mejores) y se quedó absorto durante un tiempo, que a ella le permitió cambiar de postura y hacerse más visible. Ahora, de espaldas al mar y el rostro vuelto hacia el extraño personaje que se había apropiado del rincón de su banco, ella le dirigió una prolongada mirada antes de que él notara que había cambiado de posición. Sin embargo, al observar aquello tuvo la inmediata sensación de que era objeto de un directo y detallado escrutinio. A medida que su sensación se hacía más palpable se preguntaba quién sería y qué querría –qué le pasaría, como si dijésemos–; su posterior actuación le sugirió, por extraña que pareciese la idea, que en realidad ella le había estado esperando. Que alguien se interesara por él resultaba bastante raro.

Sí, ella seguía allí con toda la anchura de la dársena entre ellos, pero vuelta por completo hacia él, como para mostrarle claramente que él era el objeto de su interés. Y *era* —sí que lo era— una verdadera dama: una persona de mediana edad, de buen aspecto y mucha categoría, vestida de negro, discreto pero elegante, excepto los recién estrenados guantes blancos de cabritilla y un bonito y decoroso velo moteado, predominantemente blanco, ajustado al rostro, que dejaba traslucir, incluso para la mala vista de Herbert, sus hermosas y fuertes cejas negras y, lo que él hubiera calificado inmediatamente, de carácter. Pero estaba pálida; sus cejas negras parecían más negras bajo la favorecedora gasa; aún mantenía una mano apoyada en la barandilla de la terraza, mientras que la otra, rematando el brazo extendido y rígido, apretaba claramente con fuerza la empuñadura de una pequeña y luminosa sombrilla, cuyo extremo inferior se asentaba, igualmente firme, como un puntal, en el paseo. Así que aquella persona madura, competente e importante, estaba allí de pie mirando al lacio, vulgar y raído hombre del banco —¡ahora valoraba su aspecto!

Por increíble que pudiera parecer, el interés de aquella mujer, por lo que tenía de sorprendente y por la alteración inmediata que le había producido, le impidió reconocer su identidad en un principio y, mientras estuvo mirándola detenidamente, no pensó en quién podría ser. Incluso entonces, al reconocerla, el impacto de la impresión, golpeando en su interior, se redujo simplemente a una especie de inmovilidad atónita. Permanecía sentado allí, quieto y débil, a punto de desfallecer por la sorpresa, y ni por un momento, entre los muchos que se sucedieron, Kate Cookham hubiera podido vislumbrar el más leve indicio de entendimiento en él. No obstante, él vio que ella advertía algo; la vio afirmarse, apoyada con las dos manos, para hacer frente al encuentro; una vez hecho eso, sucedió algo maravilloso, algo que le hubiera sido imposible repetir con claridad más tarde, aunque siguiera pensando en ello una y otra vez. Kate se dirigió hacia él, le alcanzó, se quedó allí de pie y se sentó a su lado, mientras él permanecía simplemente pasivo y estupefacto, impresionado sin animosidad, boquiabierto y receptivo. Todo sucedía como si hubiera un acuerdo tácito entre ambos, de forma que los dos, total e íntimamente convenían sobre lo importuno de su situación —una situación que volvía a enfrentarles, tras años espantosos, cara a cara—, sobre la vanidad, el sacrilegio y la imposibilidad entre ellos de cualquier cosa que no fuera el silencio.

Más próxima a él, junto a él, a una distancia prudencial (¡era enormemente cortés!) le ofrecía, en los claros términos de su transformación —con creces, formal y ceremoniosamente— las razones que más le convinieran para no haberla reconocido de inmediato.

Sencillamente era otra persona completamente distinta y la exhibición a la que se había entregado con tanto afán iba, obviamente, en beneficio de Herbert —una vez que él, como parecía estar haciendo, había aceptado provisionalmente su acercamiento—. La recordaba propensa a la corpulencia y desprovista de gracia; pero ésta era una dama enjuta, delicada, agotada y casi exhausta —que, no obstante, había compensado su extenuación con algo que únicamente él podía valorar como una rica acumulación de buenos modales—. Parecía extrañamente envejecida, marcada por la experiencia, como si le hubiesen sucedido muchas cosas; su rostro había mejorado gracias a la contracción y concentración adquiridas; y si bien él había admitido, desde la primera vez que la vio, que sus ojos eran espléndidos; ¿le habían mirado alguna vez con aquel sombrío resplandor? Sin embargo, algo había florecido en ella, admitió sobresaltado: Kate había tenido una vida, una carrera, una historia, algo que, a pesar de su actitud expectante y su nerviosismo consciente de ahora, no podía impedir que él notara una profunda y oculta seguridad. Había florecido, lo había hecho —aunque, en cierto modo, al percibirlo de esta manera se daba cuenta también que no alardeaba de ello—. No era pues odio lo que revivía en él; de hecho, reveladoramente —como únicamente podía decirlo—, ella hacía que el viejo asunto entre los dos fuera irrelevante y que estos extraordinarios momentos, pocos o muchos, de su relación recobrada, se abrieran juntos a nuevas posibilidades.

No obstante, al cabo de unos instantes, despertó en él, como el latido de un nervio dolorido, la conciencia de que su propia actitud era la que proporcionaba a Kate el contacto; ahora sabía que no la habría dejado marchar, que no *habría podido* despedirla —que era lo que tal vez ella esperaba que hiciese— sin haberla dejado hablar; y que por tanto allí estaba él, como en aquel otro odioso encuentro, pasivo frente a lo que ella pudiera hacer. Incluso ahora, siempre había estado a su merced; había sabido dónde y cómo encontrarle; y dado por sentado que aceptaría verla y aunque él nunca hubiera imaginado un nuevo encuentro, se enfrentaba a él como si fuera ya lo único que humanamente podía hacer. Sí, Herbert había vuelto allí, guiado por la fuerza de la costumbre, para dejarse caer en el banco de la desolación como el único hombre de aquel lugar al que, con seguridad, no podía pasarle nada que mereciera la pena; y he aquí que en el gris desierto de su conciencia, la tierra se había abierto y llameaba. Le asaltó incluso la idea de que no se había preparado para aquel encuentro y que su aspecto miserable debía revelarlo. No estaba en condiciones de recibir visitas —ninguna visita—; la conciencia de su propia miseria a la luz de la opulencia de Kate hizo aflorar el rubor a sus escuálidas mejillas. Pero permaneció sentado a pesar del sonrojo, por lo menos, en su calidad de visitante, ella podría sentirse satisfecha. Por fin, apartó su mirada de ella y retomó la contemplación del mar durante breves instantes. Aquello, sin embargo, no le consoló y un momento después consumó el desesperado y singular gesto de levantar ambas manos hacia el rostro, apretándolo contra ellas, cubriéndolo y guardándolo. Mientras mantenía esta postura, Kate habló por fin.

—Si desea que me vaya, me iré. —Y esperó un momento—. Quiero decir ahora... ahora que ha visto que estoy aquí. Deseaba que lo supiera y pensé escribirle... temía que pudiésemos encontrarnos por casualidad. Luego temí que si le escribía, usted se negara. Así que pensé recurrir a este medio, puesto que sabía que debía venir por aquí. —Siguió hablando, haciendo frecuentes pausas, dándole la oportunidad de hacer alguna seña.

—He esperado varios días; pero haré lo que usted desee. Únicamente que, en ese caso, me gustaría regresar. —Se detuvo de nuevo; pero por increíble que a él mismo le pareciera, no la hubiera interrumpido. Le mantenía en un estado de absoluta expectación.

—He bajado... quiero decir que he venido de la ciudad... a propósito. Pienso quedarme unos días, soy muy paciente y quiero darle tiempo. Pero, ¿puedo decirle que se trata de algo importante? Ahora que le he visto —manifestó del mismo modo— veo lo inevitable que era... me refiero a mis deseos de venir. Pero puede actuar como desee –resumió– al menos hasta que se acostumbre a la idea.

Hablaba así buscando la reconciliación, por discreción y por un propósito oculto que ya se había manifestado en sus modales; y tras haber comprobado, parapetado tras sus manos, que la voz que volvía a oír, era realmente su voz –¡tan refinada!– y que la oía y oía, después de tantos años, haciendo una disquisición contra el resentimiento, se descubrió el rostro y la miró cara a cara. Le resultaba más desconocida que nunca. No quedaba apenas nada del personaje cuyos rasgos tan duros le habían resultado en el pasado. Era una persona hermosa, seria, autoritaria, pero refinada y, como si dijésemos, remodelada –ella, cuya vulgaridad en su primer enfrentamiento le había dejado temblando mientras quedó temblor en su cuerpo–. Sobre la atrocidad de aquella mujer había edificado Herbert su vida, pero curiosamente, aquel sentimiento iba desapareciendo en su interior; así pues, de la manera más extraña que pueda imaginarse, al sentir que no debía dejarla marchar fue como si alargara la mano para salvar el pasado, el odioso, real e inamovible pasado, como si ella hubiera sido precisamente la causa de que hubiera sido así y de que él lo hubiera padecido. Se sentiría espantosamente *traicionado* si ahora se equivocaba respecto a ella.

–Me da igual –se oyó decir por fin a sí mismo.

La indiferencia le había parecido, de momento, lo máximo que podía conceder; pero enseguida se dio cuenta de que hubiera debido añadir: «¿Ha venido a verme a propósito?». –Estuvo a punto de ir más lejos y preguntar–: «¿Qué quiere de mí?»; pero se contuvo a tiempo para no evidenciar que le importaba. Si demostraba que le importaba, ¿dónde quedaría su venganza? Cinco minutos después, pensaba en aquella venganza con inquietud en vez de enfrentarse a ella con tranquilidad. De todos modos, cuando empezaron realmente a hablar se le ocurrió que las precauciones, el tacto, las consideraciones y reiteración de intenciones que Kate manifestaba, unidos al reconocimiento casi explícito de la parte que a ella le correspondía en aquel asunto y la delicadeza con que pulsaba las cuerdas de la sensibilidad de Herbert, revelaban que estaba comprendiendo, que había comprendido, más cosas que los leves indicios que todos aquellos años, hasta este extraño atardecer, le habían ofrecido a él. Continuaron conversando, él no la habría dejado marcharse, fuera cual fuera el compromiso y la abyección que implicase; sin embargo se mantuvo al margen, refugiándose en esos comentarios banales que afloran con viejos conocidos, pero dejando de lado los reproches. El reconocimiento y la constatación de que había venido desde Londres por él, de que tenía motivos para ello, de que le había estado rondando y vigilando, de que se había asesorado vagamente sobre sus costumbres (de las que lograba hablar como si, en la presente situación de prosperidad en la que ambos estaban, hubieran de posponerse), les mantuvo absortos el tiempo suficiente como para ver con claridad y escuchar, tan rígido o tan sereno como le fuera posible, cómo ella se sentaba allí, al igual que al principio había estado de pie, asustada y que su temor estaba en relación con su intención de tener alguna oportunidad con él. ¿Qué oportunidad podría ser? Fuera cual fuese la intención que albergaba la prodigiosa actuación de Kate Cookham la llevó a atestiguar que el estado de la fortuna de Herbert era sencillamente magnífico. Apretó los dientes al darse cuenta de que tendría que aceptarlo. ¿Pues qué podía significar sino que a Kate le hubiera gustado mostrarle su compasión de haber podido hacerlo sin riesgo? ¡Pero Herbert no estaba dispuesto a concederle la más mínima medida de seguridad!

Pensando en esto, Herbert ya había comentado, para entonces, que probablemente ella no vería muchos cambios a su alrededor que no empeoraran las cosas —Properley estaba declinando rápidamente, tan rápidamente que sólo Dios sabía si se detendría alguna vez—, y también había mencionado que, aún así él permanecía fiel y seguía amándolo a pesar de todos sus defectos; para entonces, ya se había rendido a ella superficialmente, añadiendo más detalles y algunas consideraciones cáusticas sobre la marcha de los asuntos locales, la desaparición de puntos sobresalientes y personas importantes, la frecuencia de vendavales, la mala política del Ayuntamiento al no dar importancia a los excursionistas de poco pelo; para cuando acabó de disculparse y ella comentó por su cuenta que se hospedaba en el Royal —un hotel que Herbert consideraba uno de los más vetustos, tradicionales y distinguidos— él había llegado por lo menos a una conclusión, al hecho sorprendente de que, al final, entre todas las cosas del mundo, sus problemas le habían conducido a una «relación social» y de cómo aquel lujo era para él una experiencia sin precedentes. Sólo una vez en su vida había puesto los pies en el Royal, en cierta ocasión en la que él mismo había ido a entregar un paquete, a falta de uno de los numerosos e inútiles chicos de recados que había tenido; se había reunido en el vestíbulo con la dama que, por la mañana, le había comprado las obras de Crabbe, gracias, según le complacía pensar, a la hábil persuasión de sus agudos comentarios sobre el autor que, en aquel coloquio, según recordaba, él había asociado hábilmente con una referencia a Charles Lamb; la dama se fue pasados uno o dos días sin pagarle, aunque recibió un cheque suyo de Londres al cabo de tres o cuatro meses.

Aquello no había sido una «relación social»; y verdaderamente, en lo más profundo de su deseo de ser conspicuo, imperturbable e impenetrable, de ser en realidad inconmensurable, latía la intensa visión de su provocación y la consumación del sentimiento que había empezado a saborear. Lo llevaría a cabo, además —sería una filigrana de su maestría—, no sólo sin la reveladora ansiedad de una sola pregunta, sino limitándose a verla perder pie en lo tocante al efecto real que ejercía sobre él (y seguramente lo perdería, dado el profundo desconcierto que suponía para ella aquella ambiguedad). Kate, obviamente, ya había perdido pie para cuando él la obligó —le costó diez minutos— a ser consciente de los temas absurdos y ridículos de los que le hablaba, como por ejemplo el precario estado en el que se encontraba la agencia que llevaba el Bijou Theatre en el Pierhead —todo como una advertencia para que ella deseara que él quisiera saber el motivo de su visita—; para que lo deseara con todas sus fuerzas antes de que Herbert hubiera dejado de ser tan conspicuo como para no preguntárselo. No deseaba —y esto resultaba por cierto totalmente prodigioso— causar a Kate otro daño que no fuera hacerle perder pie; pero estaba dispuesto a hacerlo durante el tiempo suficiente para analizar su situación. Aún parecía estar analizándola cuando, un minuto más tarde, Kate, hizo una última interrupción, que aparentaba ser firme, en la falsa conversación.

—Me pregunto si podré convencerle para que venga mañana a las cinco a tomar el té conmigo.

Herbert no pudo ni siquiera contestar, aunque apenas daba crédito a sus oídos. Mañana era domingo y la propuesta se refería claramente a la costumbre del «té de las cinco», que él sólo conocía por las novelas de costumbres contemporáneas y los fascinantes anuncios de mantelerías. Nunca en su vida había estado presente en un ritual tan lujoso, pero se mostraba indiferente para darle falsamente a entender que estaba saturado de relaciones sociales.

—Tal vez ya sabe que hace tiempo que renuncié a mi pequeña, aunque interesante, librería de segunda mano.

Kate perdió pie de tal modo que no pudo decir nada, ni encontrar la palabra adecuada a la situación; especialmente porque el tono casual e inexpresivo descartaba completamente el que aquello pudiera tomarse como un revés. Sobrevino el silencio; pero tras unos instantes, Kate volvió a insistir:

—Si *puede* usted venir, me encontrará en el hotel. Como ya le he dicho, he venido de Londres expresamente para verle y quisiera hacerlo en condiciones distintas a las de hoy; pero dejo la decisión en sus manos —concluyó.

En aquel punto, Herbert se sintió asaltado por una repentina inspiración, aunque necesitó un minuto o dos para decidir llevarla a cabo; un minuto o dos durante los cuales el temblor de su pie cruzado sobre la rodilla llegó al paroxismo.

—Desde luego, sé que aún le debo una enorme suma de dinero. Si desea verme para *eso* —continuó— puedo decirle ya desde ahora que en el futuro seré tan incapaz de satisfacer mi deuda como lo fui en el pasado. Nunca podré saldarla —dijo Herbert Dodd.

Mientras hablaba, la había estado mirando; pero al acabar dirigió de nuevo su mirada hacia el mar y continuó agitando el pie. Ahora sabía lo que había hecho y por qué; y el sentir clavados en él los oscuros ojos de Kate durante su declaración y después de ella, no alteró su modesta satisfacción. Incluso cuando ella continuó sin decir nada, él no se volvió; permaneció sencillamente en su rincón como si, una vez expresada su opinión, no tuvieran nada más que decirse. Y era posible que así fuera por el modo en el que Kate se puso en pie, recuperando la compostura, su pequeña sombrilla y el elegante bolsito con detalles dorados; tras permanecer de pie unos instantes, se dirigió hacia la barandilla de la terraza como lo había hecho antes y se quedó, como al principio, dándole la espalda, aunque es posible que en esta ocasión con un temor diferente. Hacía un cuarto de hora ella aún no le había puesto a prueba pero había experimentado aquella ansiedad; ahora, que sí le había puesto a prueba, las cosas no eran más fáciles... pero seguía pensando en lo que aún podía hacer. Dejó que Kate lo pensara, en realidad nada más interesante para él que la decisión que ella iba a tomar; pero cuando Kate se dio la vuelta y se acercó a él, Herbert no se levantó ni le ofreció ninguna ayuda. Si su mirada, al encontrarse con los ojos de Kate en silencio, le ayudó de algún modo, era asunto suyo.

—Piénselo bien —dijo Kate—. Tómese el tiempo necesario y recuerde que yo estaré en casa.

Insistió en que le dejaba a él la responsabilidad de asumir una decisión. Y por su parte, también ella reveló una artimaña que se manifestó cuando, un momento después, Herbert se levantó. Se sonrojó al ponerse de pie porque, al hacerlo, exhibía lo andrajoso de sus ropas; no supo (ni pudo, ni quiso saberlo) si Kate abarcaba con sus ojos, de pies a cabeza, cada una de sus raídas prendas, porque tenía su penetrante mirada fija en un punto lejos de ambos.

Las palabras aceptando la invitación se resistían a

salir de sus labios, pero la actitud de Kate le inspiraba tal curiosidad que aún le resultaba más difícil negarse a ir, así que se refugió en una pregunta que evitaba cualquier decisión frente a lo anterior:

—¿Está usted casada? —preguntó sencillamente, aunque mientras esperaba la respuesta de Kate se dio cuenta de que era una pregunta absurda.

—No, no estoy casada —dijo; e hizo una pausa como inquiriendo la relación que podía tener aquello con su invitación.

Seguramente él hubiera sido incapaz de responderle, así que recurrió a un torpe «¡Oh!» que les siguió manteniendo enfrentados. Aquella torpeza que, flotando en el aire, resultaba casi una vulgar perogrullada, le obligó a girar la cabeza y, cuando se volvió de nuevo, ella había iniciado la retirada, como si desistiera, deteniéndose tan sólo para mirarle por última vez. Todo era un poco embarazoso, pero súbitamente Herbert tuvo una idea feliz: levantó el sombrero en silencio, despidiéndola con toda dignidad. Desde joven, había cultivado el arte de la precisa inclinación en el saludo, y ahora aquel destello de corrección brotaba del limbo gris de la época en que aquellas cosas le importaban; y surtía efecto. Es posible que a Kate Cookham le gustara, ya que, mientras continuaba alejándose, con su blanco rostro vuelto hacia él, le rindió un homenaje de sumisión.

Herbert mantuvo la dignidad a salvo y ella se fue casi con humildad.

V

Aquel domingo por la tarde, Herbert no hubiera dejado por nada en el mundo de acudir a la cita; después de todo no estaba desprovisto de tres o cuatro prendas de vestir que, si bien no hacían honor a aquella ocasión concreta, tampoco suponían en absoluto un desdoro. Aquella deficiencia podría haberle mantenido alejado, pero no atendió a su voz interior, ni el dictado de su orgullo. En realidad, su impaciencia —porque sin duda le parecía una espera larga— se suavizaba al pensar que su orgullo se beneficiaría si aceptaba estos pasos conciliadores. Desde el momento que lo pudo formular de esa manera —que no podía negarse a escuchar lo que ella pudiera tener que decir, con todo detalle, en su propio favor—, debió de sentirse ciertamente aliviado; para demostrarlo, silbaba para sus adentros fragmentos sueltos de una dulce canción íntima que no había brotado de sus labios desde hacía mucho tiempo, mientras deambulaba en aquel domingo de otoño moteado de nubes. El intervalo de veinticuatro horas acrecentado por una noche con muchos más recuerdos que olvidos, no le había aliviado lo más mínimo; no obstante, a pesar de esto, nuestro amigo sumamente acicalado, peripuesto y repulido sentía una agitación sin precedentes mientras era conducido al salón de Miss Cookham en el Hotel Royal. Sí, era una aventura, y él no había tenido una aventura en su vida; aquel término tenía para él un valor inapreciable, de la misma manera que desacreditaba cada una de las etapas de su vida anterior.

Lo que en aquel momento le produjo la impresión de acreditar muy positivamente esta etapa fue el hecho de que, no lejos de su anfitriona, en lo que él percibió como un lujoso salón que el crepúsculo empezaba a vestir de sombra, se sentaba un caballero que se levantó al tiempo que ella se levantaba y al que Miss Cookham se apresuró a presentar. Para Herbert Dodd el caballero tenía todo el aspecto de un pez gordo: bastante colorado y calvo, pero con gran bigote, vestido con chaleco y corbata de lo más elegante, con profusión de cadenas y anillos, de dientes resplandecientes en una vidriada sonrisa monocular; una aparición prodigiosa con la que «toparse», como se decía en la novela contemporánea, o para que ella se topara contigo.

—Capitán Roper, Mr. Herbert Dodd —sí, su anfitriona les presentó; pero inmediatamente después continuó con algo aparentemente más desconcertante para el capitán Roper que para el estupefacto segundo invitado.

—Bien, así pues hasta la próxima vez, adiós —al tiempo que extendía la mano al personaje al que se dirigía sin dejarle más alternativa que depositar en la mesa su taza de té, a pesar de que Herbert vio que no se la había terminado, y mirar en derredor buscando el sombrero.

Miss Cookham había colocado la bandeja del té en una mesita ante ella y había servido al capitán Roper mientras esperaba a Mr. Dodd; pero ahora, sencillamente le despachaba con una encantadora e inequívoca decisión, sabiendo lo que hacía, como hubiera dicho nuestro héroe, lo que ampliaba de un golpe la opinión de Herbert acerca de la cantidad y variedad de cosas distintas, en lo que se refiere a modales y maneras de la gente acomodada, que revelaba una relación de compromiso. Al capitán Roper le habría gustado quedarse, habría deseado tomar más té, pero con aquel directo proceder Kate le daba a entender que ya le había visto suficiente. Herbert había contemplado a lo largo de su vida montones de situaciones groseras; pero nunca había visto una situación suavizada con aquella suavidad particular, llevada a cabo por el exquisito comportamiento de la propia retirada del capitán Roger que incluía, en su despedida claramente crispada, la percepción del individuo por el que él había sido sacrificado; aquel tipo dudoso y ordinario que tenía delante, sin ninguna categoría, como lo confirmaba la cadena de seguridad del viejo reloj de plata, abotonada a un lado bajo el abrigo mal cortado.

Cuando el capitán abandonó la habitación, a Herbert le asaltó la curiosa sospecha —aunque aún quedaban curiosidades de sobra— de que aquel hombre había sido sacrificado públicamente y adrede; de tal forma que, cuando la puerta se cerró tras él, Kate Cookham, esperando de pie, parecía decir, con la expresión de sus hermosos ojos, al amigo de su juventud: «¡Aquí tiene... mire lo que soy capaz de hacer por usted!».

«Por él»; eso era lo extraordinario; y no lo era menos que, en el espacio de tres minutos, él estuviera ya, en cierto modo, observándolo con la intensidad de una nueva luz; una luz que encajaba con la secreta atmósfera de lujosos cortinajes y multitud de espejos del salón, donde el fuego de la chimenea y la proximidad del crepúsculo ratificaban la sensación de intimidad y en el que las cortinas sueltas del amplio ventanal estaban separadas dejando a la vista su Paseo de toda la vida, la parcela de su existencia que desde abajo, azotada por el viento y la lluvia, le resultaba tan familiar pero que, en el transcurso de todos aquellos años, jamás había contemplado desde una posición tan privilegiada.

—Es un conocido, pero es un pesado —explicó su anfitriona refiriéndose al capitán Roper—. Me tropecé con él ayer, pero no le invité y, antes de que usted entrara, le advertí que esperaba a un caballero con quien deseaba estar a solas. Como usted ya sabe, tengo por norma ir directamente al grano; además —añadió— él ya había tomado el té.

Dodd, que había estado mirando a su alrededor, había observado, entre otras cosas, el esplendor y la distinguida elegancia, en su opinión, del servicio de té utilizado por Miss Cookham y el atractivo multicolor de los sabrosos comestibles en las bandejas.

—¡Pero si no se lo había tomado! —se oyó a sí mismo replicar un momento después con total seriedad; se dio cuenta inmediatamente de que aquella salida revelaba el candor de su interés, la ingenuidad que había sobrevivido a tantas vicisitudes. Si demostraba tal interés, ¿cómo podía ser orgulloso?; y si era orgulloso, ¿cómo podía mostrar tanto interés?

De todos modos, había hecho reír a Kate de buena gana y por ese motivo se dio cuenta de que, por una parte, era la primera vez desde su reencuentro que ella reía y de que, por otra, su risa no le resultaba cruel. Lo consideraba, no obstante, un signo de desinhibición ya que, inmediatamente y todavía sonriendo, ella contestó:

—¡Me parece que nos vamos a entender!

Aquello era un indicio de que había marcado alguna diferencia para ella; le había indicado un modo de relación, o algo parecido, del que ella no había estado segura el día anterior; pero además no lo había hecho intencionadamente: no había venido para facilitarle nada; así que cuando Kate continuó diciendo en el mismo tono jovial:

—Lo importante es que usted se tome tranquilamente el suyo —a Herbert no le quedó más que una respuesta posible.

Su mirada jugueteó de nuevo con el servicio de té; parecía curiosamente ayudarle; pero no se sentó.

—Como ve usted, he venido..., pero he venido, si me lo permite, para tratar de entender; y si usted necesita estar a solas conmigo, y si he de compartir mi pan con usted, creo que primeramente debería saber con exactitud cuál es mi situación y a qué supone usted que voy a comprometerme.— Había meditado con atención aquellas palabras, especialmente lo de «compartir el pan»; aunque, en presencia de Kate (naturalmente su presencia alteraba muchas cosas), no fuera tan contundente ni tuviera tanto peso como él había planeado que tuviera. Pero no obstante, la frase surtió su efecto y Kate se puso completamente seria.

—Usted no se compromete a nada. Es perfectamente libre. La única que se compromete soy yo.

Dicho esto y mientras ella permanecía en pie allí, como esperando generosa y respetuosamente que él reflexionara y decidiese, Herbert se sintió naturalmente tentado de preguntarle a qué se comprometía ella, si previamente no hubiera pensado en algo mejor que decir.

—¡Oh!, eso es otra cosa.

—Sí, eso es otra cosa —replicó Kate Cookham. A lo que añadió:

—¿No quiere usted sentarse ahora?

Herbert se hundió deliberadamente en la butaca que

había ocupado el capitán Roper; ella volvió a su asiento y, mientras lo hacía dijo:

—Yo no soy libre. Pero al menos lo soy para esto —añadió frente a la bandeja de té.

Rodeados de todas aquellas cosas sólidas y brillantes que tenían ante sí, Herbert se había hundido instintivamente en la butaca como abrumado por la extrañeza, por su resignada aceptación; las últimas palabras de Kate despertaron en él una rara sensación de menosprecio. «¿Sólo para eso?» «Eso» lo era todo en estos momentos para un hombre sometido a tan largo período de inanición y, como si de repente ella se hubiera burlado de él perversamente, Herbert esbozó una protesta:

—Entonces, ¿no se refiere a las riquezas cuando dice «eso»?

—¿Riquezas? —sonrió Kate, ofreciéndole una taza de té, por haber conseguido arrebatarle una pregunta.

—Quiero decir, ¿no tiene usted mucho dinero? —Ya no le importaba que su curiosidad quedara al descubierto; tenía una taza en la mano, y ¿no era eso prueba inequívoca de su interés? Había sucumbido a la relación social.

—Sí, tengo dinero. Por supuesto que le extrañará, pero he querido que le extrañara. Vine aquí para hacérselo entender. Así que ahora, ya lo sabe —dijo, recostándose en una silla más rígida para poder verle la cara y con los brazos estrechamente cruzados, en una postura característica en ella, como tratando de controlar sus nervios.

—¿Ha venido para demostrarme que tiene dinero?

—Ése es uno de los motivos. No tengo excesivo dinero... ni siquiera mucho. Pero tengo el suficiente —dijo Kate Cookham.

—¿Suficiente? ¡Ya lo creo! —respondió, sin poder evitar de nuevo un cierto sarcasmo.

—Suficiente para lo que yo deseaba. No siempre vivo así... en absoluto. Pero vine al mejor hotel a propósito. Quería demostrarle que podía permitírmelo. ¿Lo entiende ahora?

—¿Entenderlo? —preguntó atónito.

Kate alzó los brazos, y los dejó caer de nuevo en su regazo.

—¡Lo hice *por* usted... lo hice *por* usted!

—¿Por mí...?

—Lo que hice... lo que hice aquí hace tanto tiempo.

Herbert la miró fijamente intentando comprender.

—¿Cuánto me obligó usted a pagarle?

—Doscientas setenta libras, todo lo que pude conseguir de usted, tal como me lo recordó ayer, de modo que tuve que renunciar al resto. Fue idea mía —continuó—, fue idea mía.

—¿Desangrarme hasta casi matarme?

¡Ahora sí que el hielo estaba roto!

—Para obligarle a reunir dinero, puesto que era capaz de hacerlo, usted podía hacerlo. Y lo hizo, lo hizo, ¿qué mejor prueba?

Las manos de Herbert cayeron inertes; tan sólo podía mirar fijamente; y también el comportamiento de Kate era diferente ahora.

—Lo hice. ¡Desde luego que lo hice...!

Y la dolorosa simplicidad de la confesión, que de alguna manera parecía ser lo único que le quedaba, sonó monótona a sus propios oídos.

—Bueno, pues aquí tiene... ¡no se ha perdido! —contestó Kate con el rostro más serio.

—¿Aquí tiene? —balbució Herbert—. ¿Mi pobre y viejo dinero atormentado... mi sangre?

—¡Debe usted saber que también es mi sangre! —Kate irguió la cabeza como no lo había hecho hasta entonces, como invocando su derecho a hablar de lo que era su tesoro más preciado–. Yo cogí su dinero, pero esto –el que yo esté aquí de este modo– es lo que he hecho con él. ¡Ésa fue la idea que tuve!

Sus «ideas», como algo de lo que vanagloriarse, le dejaban perplejo.

–¿Tener todo lo que puede tenerse en el mundo a costa de mi desgracia?

Kate había vuelto a cruzar los brazos y se sentó erguida, agarrándose los codos; sabía que él podía entenderlo y que había visto desde el principio lo que quería decirle, por difícil y monstruoso que pudiera ser.

–Tanto como a costa de mi propia desgracia, para hacer con su dinero lo que usted no hubiera hecho jamás por sí mismo.

–¿Por mí mismo? ¿Por mí mismo? –gemía asombrado–. ¿Sabe usted, o no sabe, lo que ha sido mi vida?

Kate esperó, y durante un instante, aunque la habitación había quedado en penumbra y pronto no quedaría más luz que el destello de las farolas en el paseo barrido por el viento, Herbert vislumbró en sus ojos oscuros un plateado destello de impaciencia.

–¡Ha sufrido y ha trabajado, que, ¡bien sabe Dios! es lo mismo que yo he hecho. Por supuesto que ha sufrido usted –dijo Kate–, ¡era inevitable que sufriera! No nos queda más remedio que sufrir si queremos hacer, ser o conseguir cualquier cosa.

–¿Y qué es lo que he hecho, he sido o he logrado yo? –A Herbert Dodd le resultaba casi angustiosamente natural hacer esta pregunta. Kate se sintió obligada a protegerle de nuevo, diciéndole todo lo que pensaba.

–¿No se imagina nada? ¿No concibe usted que...? –Y luego, mientras su reto penetraba más adentro, más hondo de lo que hasta entonces lo había hecho, haciendo enrojecer a Herbert, dijo—: ¡Fue *por* ti, por ti! —estalló de nuevo—. ¿Y por qué o por quién otro hubiera podido ser?

Su visión de las cosas se aclaraba ahora a un ritmo que le forzó a contestar rápidamente:

—En un tiempo pensé que pudo haber sido por Bill Frankle.

—Sí, así es como usted me consideraba —contestó con tristeza Miss Cookham.

Pero él pasó por alto aquellas palabras; su pensamiento estaba ya en otra cosa.

—¿Y de qué me sirve? ¿De qué me ha servido eso a mí?

—¿No le está sirviendo de algo ahora? —respondió su amiga y, antes de que él pudiera hablar, añadió con un velado juego de su atormentada lucidez—: ¡Pero si ni siquiera se ha tomado el té...! —Lo cierto es que Herbert no había tomado nada, y de haber podido explicarlo, habría argumentado con toda sinceridad que, aunque tenía apetito al llegar, le había desaparecido súbitamente. Pero lo que aparentemente Kate deseaba que él aceptase de ella no era precisamente algo de comer o beber. De modo que si Herbert miró por encima de la bandeja que tenía ante él, fue para decir muy serio y sin ninguna gracia:

—¿Debo entender que me está ofreciendo devolverme el dinero?

—Le ofrezco devolvérselo con los intereses, Herbert Dodd.

Y el énfasis que Kate puso en aquella palabra fue algo maravilloso. Por un momento Herbert quedó como petrificado, mirando fijamente a Kate; luego, demasiado agitado como para permanecer sentado quieto, empujó hacia atrás la silla y se puso en pie. Era como si la simple congoja o el desaliento del principio penetraran en él, y una ola de profunda e irresistible emoción le invadió haciéndole tambalear como bajo el efecto de una gran aflicción. Intentó rehacerse y se dirigió maquinalmente hacia la ventana donde permaneció de pie, mirando sin ver nada. La carretera, la amplia terraza más allá de los bancos, el mar eterno más allá de todo, las farolas encendidas destellando en la noche borrascosa de octubre y los escasos paseantes dispersos a la hora del té; todo aquello se fundía y confundía en el acogedor calor de la sala —¿o era aquella comodidad portentosa la que se fundía con lo demás?— y parecía trazar a su alrededor y ante él experiencias en que lo inolvidable y lo inimaginable se entremezclaban misteriosamente. Lo único que salía de sus labios era el gemido de un «¡oh!» reiterado.

Y después, mientras una espesa nube envolvía todo durante unos momentos, se dio cuenta de que Kate se había levantado y le miraba, considerando todo, hábilmente paciente con él, y la oyó hablar de nuevo con calma y claridad deliberadas.

—Deseaba ocuparme de usted... eso fue lo que al principio deseaba... y a lo que usted accedió en un principio. Lo habría hecho, claro que lo habría hecho; le habría amado, ayudado y protegido; y usted no habría tenido problemas, ni sufrido una humillante ruina en lo que habría sido una vida fácil, sí, una vida alegre y cómoda. Yo se lo demostré y se lo probé; intenté hacérselo comprender; me figuré que lo había logrado y fui feliz durante un breve lapso de tiempo. Usted juró que yo le importaba, lo escribió y me obligó a creerlo —me lo aseguró por su honor y su fe—. Luego, de un día para otro, usted se transformó y cambió de repente; todo se alteró, rompió sus promesas y me hizo saber que quería acabar nuestra relación. Me miraba con desagrado y lo cierto es que incluso evitaba mirarme; se comportaba como si me odiase. Había conocido una joven, de gran belleza, lo admito, y comparada con ella yo me convertía en un esperpento y una pelmaza.

Estas palabras le hicieron girar bruscamente.

—No, Kate Cookham.

—Sí, Herbert Dodd.

Ella se limitó a mover la cabeza, tranquila y noblemente en la creciente oscuridad, y sus recuerdos, sus motivos y su entereza (¿o fue únicamente su prodigiosa astucia, su trayectoria, su «idea»?) le proporcionaron una seguridad extraordinariamente grande. Sin embargo, ella había alcanzado el tesoro oculto de los propios motivos de Herbert; las terribles motivaciones que volvían a tomar vida con rapidez debido a la fuerza que Kate imprimía a sus palabras y que se amontonaban todas juntas en una gran negación:

—¡No, no, nunca, nunca! Aún no la conocía, no la imaginaba ni en sueños; por eso cuando usted empezó a mostrarse dura y agresiva conmigo y a darme la impresión de que quería reñir, sólo se me ocurrió una idea, acorde con unas apariencias que usted, al menos tal como yo lo veía entonces, no se esforzó en explicar o refutar.

—¿Apariencias...? —Kate deseaba, asombrada, saber qué apariencias eran aquellas.

—¿Cómo no iba a suponer que realmente usted se interesaba por Bill Frankle si creía firmemente que el motivo por el que me reclamaba el dinero era para casarse con él, ya que no podía casarse conmigo? Pero, a medida que pasaba el tiempo, me empezó a extrañar que aquello no sucediera y pensé que tal vez —añadió de inmediato, como con un consciente desliz del más puro estilo— el casarse con Bill no había entrado en sus proyectos.

Ella le había escuchado con la mirada fija y sin decir palabra, con un silencio tal que, mientras Herbert la examinaba durante unos instantes, le pareció que algo le fallaba, como si avanzara el pie buscando un escalón y no encontrara el lugar donde apoyarlo. Otra vez se volvió bruscamente hacia la ventana y entonces ella respondió, pero sin pasión, a no ser la del cansancio que le producía el perdón de la torpeza de Herbert.

—¡Oh, el ciego y su triste locura!

A lo cual, puesto que podía perfectamente aplicarse al propio comportamiento de Kate, él no respondió nada. Además, casi inmediatamente, continuó:

—Digamos que no había mucha diferencia entre descubrir que me odiaba a causa de otra mujer o descubrir únicamente, llegado el momento, que me odiaba usted por mí misma.

Expresado de aquel modo tan tremendamente impresionante, Herbert reconoció que debía aceptar el reproche sin protestas y sin tanto embarazo... puesto que, fuera cual fuese el motivo que le había traído hasta ella, no era el de retractarse fingiendo que, con otra mujer o sin ella, no la había aborrecido durante años. Ahora estaba tomando el té con ella, aunque más bien no lo había probado; pero esto importaba poco y Herbert dejó que Kate se expresara libremente, mientras él distinguía, abajo en el paseo, a Charley Coote, un conocido suyo que, ayudado por la tarde desierta y el destello de la luz de una de las farolas, cortejaba a una joven con quien (su actitud lo hacía grotescamente evidente) jamás había hablado con anterioridad. El propio Dodd aceptaba el recuerdo de lo que había sido su amargo pasado, pero no había vuelto a ella por voluntad propia para incitar, recordar o recriminar; y en cuanto a ella, no podía ser sino una lección para su reciente actuación, la demostración de que cualquier alusión concreta era una alusión a todo. Por supuesto, muy pronto Kate empezó a aludir a todo de modo arrollador y con creciente audacia.

—Pero no permití que ni siquiera aquello influyera en lo que yo deseaba... que era y había sido única y apasionadamente cuidar de usted —dijo—. No contaba con ningún dinero... con nada propio y no podía esperar nada de nadie; así que no podía hacerlo con mi dinero. Pero podría hacerlo con el suyo —concluyó asombrosamente—, si lograba sacárselo.

Herbert volvió a mirarla de frente, con las cejas arqueadas de asombro como jamás lo habían estado en su vida.

—¿Con el mío? ¿Tenía yo algo mío? ¿Acaso pretendí en alguna ocasión tener algo más que unos exiguos y parcos ingresos?

Kate permaneció callada unos instantes haciendo un visible esfuerzo, con la mirada conscientemente enfrascada en el asiento de una silla cuyo respaldo inclinaba ligeramente hacia sí, con las manos aferradas a él, en busca de apoyo.

—Usted pretendía tener suficiente para casarse conmigo... y eso fue lo que después le reclamé cuando rompió su compromiso.

Herbert estuvo a punto de contestar que jamás había pretendido nada y mucho menos aquel deseo que se le atribuía; durante diez segundos estuvo a punto de lanzarle a la cara: «Nunca se me había ocurrido tal idea hasta que usted se enamoró locamente de mí o, francamente, por lo menos eso parecía; usted me persuadió, me enredó y me obligó a comportarme de un modo que iba contra la evidencia de mis sentidos». Pero al mismo tiempo se dio cuenta de que, fuera cual fuese la horrible, perdida e irreparable verdad, haría mejor en morderse la lengua. Otra verdad extraordinariamente distinta, hermosa y terrible le golpeaba, una verdad que ninguno de sus lejanos recuerdos ni de sus constantes dolores podía falsificar y que tomó forma en las siguientes palabras de Kate.

—Mi propósito fue usar ese dinero en beneficio suyo y que usted mismo lo utilizara para su propio futuro. He enfocado mi vida en esa dirección y le aseguro que no ha sido tarea fácil; y tal como le he dicho, sin que usted parezca haberlo entendido del todo, le devuelvo aquel dinero quintuplicado.

La frente de Herbert se perló de sudor.

—¿Todo esto es mío? —preguntó con voz trémula, a causa del profundo y penetrante dolor que le invadía.

—¡Todo! —dijo Kate Cookham.

Aquello era una prueba de cómo le había amado ella; pero simultáneamente tuvo la tremenda impresión de que sólo estaba deslumbrado y no veía la totalidad de lo que ella era realmente; la mujer que, como en la renovada escena del día anterior, en el banco de la desolación, mil veces repetida en el pasado y a la vista de su juventud y vanidad, no le había dejado ninguna alternativa que tomar. Ante él flotaba de nuevo, trágicamente vívido, el momento en que, tras haberse conocido en la tienda, Kate se encontró por primera vez con él, solitario y accesible. Y a partir de aquel momento, su destino, el dolor y el precio que otros habían pagado aparecieron unidos, siniestramente ordenados por una sucesión de eslabones que chasqueaban en sus oídos al encajar perfectamente. Ahora, que todo era suyo, le obligaba a preguntarse qué había sido de la pobre Nan, y su constante pregunta sobre si él debía haber capitulado ante las exigencias de Kate. Su pequeña esposa muerta e insatisfecha aparecía ante él, se interponía entre ellos; y él extendía la mano para aceptar aquel regalo por encima del último sufrimiento y la humilde tumba de Nan. También vio los regalos; los vio —ella estaba exultante— en la figura valiente, sincera y autoritaria de su compañera, como la más extraña demostración de amor. Pero la otra presencia era más intensa, como si su fantasma agitara los brazos frenéticamente; no había pasado ni medio minuto cuando el único débil eco que quedaba de Nan, y que aun así, había llegado a ser un eco poderoso y trascendente, se posó en sus labios como si fuera su única oportunidad.

—¿Me da su palabra de honor de que, con un asesoramiento decoroso, yo no hubiera podido desafiarla con éxito?

Kate empalideció; pero después de lo que ya había dicho, tenía que seguir siendo sincera.

—Desde luego que hubiera podido desafiarme, Herbert Dodd.

—¿Para enterarme de que usted no tenía nada que hacer legalmente?

Aunque pálida, Kate fue audaz.

—¡Habla usted de asesoramiento decoroso...! —interrumpió; quedaban demasiadas cosas por decir y todas inútiles—. Le habrían dicho que yo no tenía nada que hacer.

—Yo ni siquiera pregunté —declaró su triste visitante.

—Por supuesto que usted ni siquiera preguntó.

—No podía permitirme ser tan atrozmente vulgar —continuó diciendo Herbert.

—¡Por amor de Dios! Yo sí que pude —dijo Kate Cookham.

—Gracias.

Herbert consiguió expresarse en un tono que le hizo

sentirse más caballeroso de lo que nunca se había sentido en su vida y de lo que, sin duda, volvería a sentirse. Podría haber sido suficiente pero, en cierto modo, mientras permanecía allí con aquel inmenso espacio abierto entre ambos, se dio cuenta de que no lo era. El espacio era como una repentina hondonada o una gran abertura desolada por la que les llegaba el soplo de un frío mortal. Demasiadas cosas se habían derrumbado, demasiadas cosas nuevas se precipitaban sobre él y le envolvían, provocándole una conmoción que le sacudía de pies a cabeza. Sintió que zozobraba, y aunque Kate continuaba mirándole, cedió a la emoción y estalló en lágrimas, llorando débilmente ante ella como había llorado a solas en su juventud, cuando Kate le había inspirado un temor infundado. Kate se volvió e, incapaz de mirar, se hundió en el sofá y, sollozando como réplica, enterró su propio rostro en el brazo acolchado. Durante unos minutos sus ahogados sollozos llenaron la habitación; pero en medio de aquella conmoción Herbert logró recordar dónde había dejado el sombrero y que el bastón y sus guantes nuevos color canela –le habían costado dos chelines y tres peniques, y representaban un sacrificio– estaban en la silla contigua. Recogió las tres cosas y, jadeando silenciosa y suavemente, casi de puntillas, alcanzó la puerta y salió.

VI

Una semana después, allí, en el banco de la desolación, ella le hizo una declaración todavía más singular que el intervalo de tiempo, considerablemente largo y tenso, había hecho posible. El domingo anterior, después de dejarla en el hotel, salió en un estado de renovada exasperación y anduvo sin rumbo, bajo el inclemente viento del oeste, junto a los raíles de hierro de la extensa dársena, volviendo hacia el mar su rostro demasiado revelador para los transeúntes con los que se cruzaba de vez en cuando. En el extremo de la gran terraza, incluso en la inveterada oscuridad y a pesar del inminente ventarrón, su inmemorial rincón, su pequeño refugio le había acogido de nuevo. Sin duda fue en el transcurso de aquel abstraído descanso en el banco, en el que la agitación del aire nada tenía que envidiar a su conmoción interna, cuando empezó a mirar de frente su extraordinaria suerte y a reconocer en ella a la vez un cuento de hadas y una pesadilla. Kate continuaba visible y execrablemente apegada a él (¡en realidad apegada era una palabra muy suave!), y la incuestionable prueba de aquello estaba en el ofrecimiento de un consuelo económico de semejante magnitud con el que curar sus heridas, llagas y humillaciones; en esto consistía la fábula maravillosa, el cuento del dinero a puñados; tan sólo parecía tener que quedarse allí y tragar, digerir y hartarse; pero todo el resto era una pesadilla; y la peor de las pesadillas era tener que dar las gracias a una persona por cuya causa Nan y sus hijitas habían conocido la tortura.

Ahora no se preocupaba de sí mismo, ni del hecho increíblemente romántico de aquel inextinguido y, al parecer, inextinguible encanto suyo que había seducido a Kate. Pero le resultaba insoportable, como ninguna otra cosa le había resultado jamás, la posibilidad de aceptar beneficios tan sustanciosos de la persona que íntimamente asociaba —aunque de forma indirecta— con las condiciones que habían hecho sucumbir tan lamentablemente a su encantadora esposa y a sus hijitas, que hubieran podido ser también encantadoras.

Había aceptado la relación social —e incluso aquello a título de prueba— sin saber lo que encubría de forma tan deslumbradora; como relación social había llegado a serlo con creces si, en sus ratos de ocio, como ahora, le conducía a aquel lugar, bajo esta extraña tormenta de sentimientos irreconciliables: la perpleja conciencia de la ternura, paciencia y crueldad de la que había sido objeto, de los hechos, obviamente desconcertantes, que no podían cuestionarse, ni concebirse, ni explicarse, y que aún menos, sin embargo, podían perderse de vista (y él, en realidad, desmoralizado, trastornado e incapaz de trabajar o de cualquier otra cosa, cometió la imprudencia de tomarse libertades que podrían crearle problemas).

Aquel domingo por la noche había vagado sin rumbo, deambulando confuso y temblando; pero esto se convirtió en la tónica general de los días siguientes, ya que, ahora más que nunca, carecía de un lugar o refugio al que dirigirse y no tenía un espacio al que llevar y depositar, o donde soltar –como un ovillo– y encerrar su conciencia dolorida, a punto de partir en dos el frío caparazón de su pequeña y sórdida pensión. Únicamente la bóveda del cielo, la extensión del mar y la costa le ofrecían espacio; podía vagar consigo mismo a cualquier parte; en resumen, fuera cerca o lejos, lo único que no podría hacer nunca era retractarse. Se aferraba con fuerza a aquella certidumbre –al hecho de que para él fuese imposible, aunque ella esperase allí diez años, entre sus felpas y bronces; aquello tenía un efecto extraordinario para lo que él hubiera llamado su dignidad. Se mantendría alejado de ella como lo había hecho desde que la dejó en el hotel, a pesar de que, a veces, cuando se detenía puntualmente en algún lugar para cuestionarse con más rigor, el corazón estaba a punto de parársele.

Los días de la semana transcurrían y todo seguía como cuando él la dejó; no la había visto ni ella había dado señales de vida. Hacía falta fuerza, decía Herbert, para no volver a verla, aunque sólo fuera por curiosidad, porque después de todo, ¿cómo demonios había invertido el fruto de su extorsión para conseguir tales beneficios? ¿Acaso no era aquél el hecho más oscuro entre los extraños fenómenos ocurridos en los últimos años? Pero muerto de cansancio, Herbert se dejaba caer en aquellos bancos, media docena de veces cada tarde –precisamente para demostrarse que él tenía la fuerza que la situación requería.

A medida que se multiplicaban los días sin noticias de Kate, él también permanecía sentado durante horas –por supuesto, en el banco de la desolación– firme y rígido, ante la posibilidad de haber perdido todo para siempre. Cuando pasaba delante del Hotel Royal no movía ni un pelo, y cuando se encontró con el capitán Roper en el malecón, tres días después de haberle sido presentado, fingió que no le había visto —otra prerrogativa de las relaciones sociales— antes de dar la impresión de estar interesado en saber si Miss Cookham se había marchado de Properley. A lo largo de su vida, Herbert había fingido no ver a ciertas personas, del mismo modo que otros lo habían fingido con él —ya que siempre había tenido alguien a quien no deseaba saludar— pero nunca había fingido tal distancia como con este extraño conocido, lo que le ayudaba a demostrarse a sí mismo hasta dónde llegaba realmente su preciada sinceridad. Si había perdido lo que había flotado a su alcance, lo había perdido; su único tributo a dicha propuesta era un rechinar de dientes tan violento que, como él diría, podría incluso escucharse con un crujido. No levantaría un dedo, y si en realidad Kate se había marchado el martes o el miércoles, sería absorbida de nuevo por la oscuridad de la que había emergido y, cerrado este inexplicable capítulo de su vida, no haría el menor esfuerzo nunca jamás. De todos modos, ésa era la clase de hombre que continuaba siendo —incluso después de todo lo que había pasado—, y a pesar de que, durante unos breves momentos de ofuscación, ciertas cosas le hubieran parecido agradables. Los momentos de ofuscación habían pasado, la vieja oleada de amargura le había golpeado (¿y no se hubiera sentido avergonzado de no haber sido así?) y ahora podía sentarse allí, como antes, como siempre, sin tener absolutamente nada en el mundo a lo que poder recurrir. Por lo tanto se había equivocado al creer que estaba degradado; y la última palabra sobre él sería que no podía, según parecía, caer en la vulgaridad tal como había intentado permitir que sus desventuras le forzaran a hacerlo. Y no obstante, el domingo siguiente por la mañana, cara a cara de nuevo con él, al final del espigón, le dijo: «¡Como si yo creyera que usted ignoraba con qué cuerda sujetarme!». Completamente cierto, y precisamente aquella mañana sobre todo, no lo sabía, no hubiera podido jurar solemnemente que no le quedaba un ligero rastro —como se decía a sí mismo—, un rastro de confianza en las cosas extraordinarias que aún podían surgir de su entrevista. Era un día soleado y con brisa, y el mar tenía un tono púrpura pálido; Herbert no iría a la iglesia tal como lo hacía la mayoría de los domingos por la mañana, pues a su manera aquello también eran relaciones sociales —y sobre todo cuando tenía, recién estrenados, un par de guantes canela de dos chelines y tres peniques que conservaría durante siglos. Se vistió reuniendo los escasos recursos que hubieran podido incluirle en la efímera buena sociedad local de St. Bernard, y con este atuendo se encaminó hacia el oeste. Caminaba absorto en las formas más o menos grotescas que su sombra proyectaba frente a él y un poco más a la derecha sobre el asfalto descolorido del paseo, balanceándose y bailando, lanzándose y luego contrayéndose, a tal ritmo que, para cualquier transeúnte que hubiera observado, vistas en sí mismas, sus excentricidades podrían haber sido la base de un interesante desafío: «¡Descubra el estado mental, adivine a qué obedece la agitación que posee al extraordinario dueño de esa sombra!» Pensando en eso, el propio Herbert Dodd, con la hiriente ayuda del sol, podría haber estado intentando una aproximación a su horóscopo inmediato.

De todos modos, aquello le revelaba que el balanceo y la danza de su imagen daban paso algunas veces a una inmovilidad perfecta, cuando él se detenía y clavaba su mirada en ella. «¡Imagínate que viene, imagínatelo!»; —está claro, al menos para nosotros, que en estos momentos se le oía respirar—, respiraba con la intensidad propia de una interrupción entre la esperanza y el miedo. Desde muy temprano, había mantenido la ilusión de que, considerando todas las cosas que podían suceder, la posibilidad de que ella apareciese estaba dentro de lo probable; y esta posibilidad seguía viva mientras avanzaba al son de un suspense espantoso. Las cortas etapas de su peregrinaje se sucedían unas a otras como el problema sentimental del «me quiere, no me quiere», que sus amigos de la infancia trataban de resolver arrancando los pétalos de una margarita. Pero realmente estuvo a punto de desmayarse —tan aturdido se sentía— cuando, llegado al punto del largo espigón desde el que siempre podía decir si su sitio estaba ocupado, tuvo a la vista su inmemorial objetivo. Ella estaba sentada en su banco —únicamente podía ser ella la que había tomado posesión del lugar—; para Herbert Dodd aquello era un claro exponente de que si él había dudado de su comparecencia, ella había estado segura de que él acudiría. Aquello le hizo detenerse con un objetivo, o mejor con el propósito de hacer una pausa y juzgar si podía soportar, como el punto más conflictivo de su relación, que Kate le demostrase constantemente que podía obligarle a actuar siempre como ella quería. Lo que zanjó la cuestión entonces —y precisamente mientras se miraban reconociéndose, en el largo intervalo antes de dar por terminado el asunto, como si cada uno por su lado tratara de sacar la delantera al otro...—, lo que zanjó la cuestión fue el hecho de que cuando Kate quería algo, lo quería de un modo terrible. Si se tratara simplemente de utilizarle, como ella había dicho la última vez, y sin tener en cuenta quién de los dos saldría beneficiado, aquello podía pasar; puesto que le obligaba a esperar allí, día tras día, de aquel modo, y gastando tanto dinero, por el azar de un nuevo encuentro. ¿Cómo podía tener ella la mínima seguridad de que él volvería a consentir verla de nuevo después de lo que le había hecho hacía una semana, después de padecer su última y monstruosa honestidad? Desde luego Herbert parecía estar sometiendo esta influencia al examen más difícil y preciso para que ambos pudiesen aprender. Súbitamente tuvo una idea magnífica y genial. «¿Qué pasaría si ahora que la veo allí le demuestro que lo que ha dado por sentado, como es habitual en ella, es una equivocación?, ¿qué pasaría si le demuestro que se equivoca al pensar que lo único que ha de hacer es esperar confiada y silbarme, que mi cuerda es más larga de lo que ella calcula y de que todo es imposible entre nosotros? ¿Y si se lo demostrase dando media vuelta y alejándome de aquí? ¡Tendría que entenderlo por fuerza!» Nada había sucedido a través de la distancia que les separaba, excepto la mutua comprensión de lo que el otro pensaba; todos estaban en la iglesia, la calle estaba desierta (apenas se había encontrado un alma en su recorrido de un extremo al otro del paseo) y las rachas de viento, sazonadas de sol, seguían renovando el aire y limpiando el paisaje. A través de esta hermosa claridad, Herbert veía cómo ella le miraba tratando de ver lo que se proponía hacer. Los dos permanecían inmóviles en aquel momento de máxima tensión; Kate Cookham, con los ojos fijos en él, esperaba rígida, como para dejarle escoger, no por dignidad sino (¡el colmo de la perversidad!) por bondad. Y sin embargo, aquella actitud le conmovió como una garantía de que ella también conocía su falta de libertad, de que aquella era la menos convincente de todas las pomposas exhibiciones, la más humilde de todas las vanas extravagancias que su necesidad, su soledad, las injusticias sufridas, su agotado rencor, la condena a someterse a cualquier muestra de interés, que todo ello pesaba demasiado sobre él como para permitir a las débiles alas de su orgullo algo más que un leve temblor. Ellas no podrían, no podrían levantarle del suelo; Herbert permaneció clavado, sin retroceder ni avanzar, sólo intentando subsanar, finalmente, su propia participación en aquel desolado intercambio, desviando la vista hacia el mar. Aunque profundamente consciente de la torpeza del gesto, se agarraba a él como al último jirón de su honor, argumentando la sensación de inferioridad experimentada los días anteriores; una cosa era que él sintiera que ella era la persona con la que había que contar, y otra, muy distinta, que Kate se diera cuenta de que había que contar con él. El acercamiento controlado de Herbert, que no había llegado a término, podía ser una demostración, en aquellas extrañas circunstancias, de que Kate no era la única en decidir —si ella hubiera dado al fin el juego por terminado y se hubiera levantado, alejándose y aumentando la distancia entre ellos, en cuyo caso, él la hubiera dejado desvanecerse en el espacio definitivamente—. Lo que en realidad sucedió cuando por fin Kate se levantó —aunque apenas tardó el tiempo que nos ha llevado contarlo— no fue para confirmar la separación, sino para darla por terminada; y lo hizo acercándose lentamente a él hasta que llegó al alcance de su oído. Herbert se preguntaba, consciente de que Kate se acercaba a pesar de que él miraba al mar, qué diría y en qué tono; cómo rompería aquella semana de silencio; y cuando una vez más la voz de Kate llegó a sus oídos, tuvo que reconocer su maestría para desconcertarle.

—Hay exactamente mil doscientas sesenta libras, pero las tengo en una cuenta a su nombre; no tiene más que retirarlas.

Aquellas extrañas y deliciosas palabras se perdieron

en el templado ambiente luminoso del silencio dominical, pero incluso mientras veía boquiabierto cómo sucedía, ella estaba allí, con su realidad de dama golpeada por la vida, para responder por ellas y representarlas; y –si se podía concebir mayor gracia que la sencilla belleza articulada de aquellos vocablos– para forzarlas, de forma casi desconcertante, a materializarse. Sí, su elegante bolsito colgaba de su brazo, bien cerrado, como abultado, bajo el cierre, por la portentosa suma, y Herbert se encontró devorándolo con la mirada, como la prueba más real de las afirmaciones de Kate. Habríase dicho que se disponía a abrirlo para que él hundiera en él la mano o, concebida de otra forma la situación para imponer a la indigencia de Herbert la aceptación de una limosna sin precedentes en los anales de la caridad callejera. Sin embargo, nada, ni la importante cifra, ni la elegante fracción, contaba tanto para él como la breve, rica y redondeada palabra que la brisa había recogido al caer y que ahora parecía flotar entre ellos. «Retirar el dinero... ¿retirarlo?» Sí, estaba boquiabierto como si aquello no tuviera sentido; pero el caso es que incluso mientras estaba así, atribuía al término usado por Kate más romanticismo del que cualquier otro vocablo de la lengua había despertado en él jamás. Él, Herbert Dodd, iba a vivir tirando de su cuenta, como esa gente que no conocía los sinsabores de la vida, y de la que algunas veces había oído hablar de pasada; de hecho, cuando volvió con Kate al banco del que ella se había levantado, sus nervios destrozados estaban al límite, como si el mismísimo banco de la desolación fuera a convertirse en el escenario de aquella proeza y él fuera a morir antes de que sucediera.

Una vez sentados, Kate apretó el cierre de su bolso y sacó de él no un puñado de oro o un fajo de crujientes billetes, sino un sobre alargado y lacrado que, según dijo, había pensado enviarle por correo, que contenía la garantía y los detalles concretos de la cuenta que había abierto a su nombre en un banco de Londres. Herbert lo cogió sin mirarlo y lo sostuvo del mismo modo, conspicuo y desprendido, durante el tiempo que siguió a la entrega, con la impresión de estar violento; retorciéndolo y agitándolo y, sin embargo, reteniéndolo; incluso siendo consciente, por encima de todo, del extraño, el tremendo compromiso que representaba su inactividad. Podía aceptar aquella suma de dinero, desde luego, pero no sin dar algo a cambio. ¿Y qué podía dar a cambio? Siguió preguntándoselo mientras Kate hablaba de otras cosas, y, por encima de todo, dejaba claro, de manera perspicaz, noble y triunfante, que no necesitaba fingir que estaba convencido de que el constante interés de Kate por él no le habría ayudado en cualquier problema que le hubiera acosado desde su separación. Ella le confesó también que una profunda intuición debía haberle revelado el lugar donde la encontraría, del mismo modo que ella había presentido dónde podría encontrarle; lo cual –¡Oh, ahora se daba cuenta mientras tocaba su tesoro sellado!– quería decir ni más ni menos que ella había igualado la experiencia de ambos. Él no era el único que había sufrido; también ella había tenido que pasar por cosas que él no podía siquiera imaginar; y, puesto que él renunciaba a hacer más alusiones a lo inolvidable, Kate le proponía de un modo tácito que se considerasen en paz y partiesen de nuevo de cero.

Herbert, tal como en cierta manera su orgullo comprometido le impulsaba a hacer, no aceptó el cargo de que él había estado tranquilo respecto a ella durante la semana anterior; a lo sumo llegó a declarar, con una ingenuidad que no le permitió ir mucho más allá, que por supuesto él se había pasado por su viejo lugar de cita, que, a través de los años, había sido el refugio de su soledad y la meta de su paseo de cualquier mañana dominical demasiado hermosa para pasarla en la iglesia; pero que no había contado con encontrársela allí —ya que esa suposición daba la impresión, así lo entendería ella ¿no?, desagradable para Herbert, de haber venido a buscarla. Las averiguaciones de Kate sobre él, una vez que Herbert se hubo sentado, hubieran sido otro asunto, pero él lo resumió así:

—Por supuesto, después de todo, usted ha venido a mí, precisamente ahora, ¿no es así?

Se dio cuenta también de que sonreía sin convicción ni gracia, como la última queja de su honor, la declaración confirmada de que él únicamente había capitulado ante la sumisión de Kate. La sumisión de aquella mujer llegó a ser para él, en aquellos momentos y circunstancias, sentado en el banco de la desolación, de una cuantía más prodigiosa e incluso más misteriosa que aquella otra cantidad garantizada en el sobre con el que su mano derecha golpeaba las yemas de los dedos de su mano izquierda; aunque lo realmente extraordinario era el modo en que Kate podía continuar siendo indulgente con él y a la vez, enfrentársele, a cada paso, con lo que le quedaba de aquella hábil personalidad suya tan admirable.

—¿Venir a usted, Herbert Dodd? —repitió imperturbable—. ¡Llevo diez años yendo hacia usted!

Antes de estos sesenta segundos supremos del más intenso aliento, había habido un momento en el que estuvo a punto de lanzarle aquel sobre como una salvaje declaración de libertad: «No, no, no puedo resignarme; sencillamente no puedo sepultarlo todo en el fondo de mi alma para siempre, sin una cruz que en el futuro señale su sepultura; por tanto, si eso es lo que significa nuestro acuerdo, debo declinar cualquier relación con ello». Sin embargo, las palabras no salieron de su boca, y cuando un par de minutos después Kate había hablado, la sangre acudió al rostro de Herbert como si, teniendo en cuenta su obstinación y la excentricidad de Kate, él se acabara de salvar.

En realidad, todo se detuvo, incluso el manoseo del papel; Kate imponía quietud o, en cualquier caso, imponía intencionadamente un decoroso aire de silencio, y Herbert no hubiera podido decir más tarde cuánto tiempo había pasado sentado allí, en este trance, con la mirada fija simplemente en lo que tenía ante él. De todos modos, pasó tanto rato que la propia Kate se levantó como si, al cabo, su propio ritual tocara a su fin. Él no le había dado nada a cambio, por tanto, ¿a qué esperaba? En las dos ocasiones anteriores, Kate se había encontrado sin palabras momentáneamente, pero, sin duda, nunca del mismo modo que ahora, como lo corroboraba el que se levantara del banco y, una vez más, se dirigiera hacia la barandilla de la terraza. De algún modo Kate se las arreglaría para salir airosa de la situación que esperaba a pesar de las mermadas expectativas; volvería a mirarle de frente, después de contemplar el mar, como si esta rígida demora, no exenta por completo de torpeza, no hubiera sido más que un delicado recelo de su cortesía. Kate había recobrado sus fuerzas; después de haberle dado tiempo para apelar, podía aceptar que Herbert se había decidido y que ella no tenía nada más que hacer.

—Bien, entonces... —dijo Kate con voz clara a través del amplio paseo— entonces, adiós.

Se había acercado mientras hablaba, como si esperase que Herbert fuera a levantarse para despedirse;

pero él se echó hacia atrás inmóvil, mirándola fijamente durante un momento.

—¿Quiere usted decir que nosotros no... que no...? —Pero sus fuerzas le abandonaron.

—¿Que si quiero decir qué...? —Kate permaneció a la espera de las preguntas que él pudiera hacer, pero era casi como si, a través de su velo moteado, se trasluciera una irreprimible ironía respecto a aquella pregunta concreta—. Creo que durante todos estos largos años he dicho todo lo que soy capaz de decir. He dicho tanto que no me queda nada más que añadir. Así que eso es todo.

—Pero si usted se marcha ahora..., —dijo suplicante, en tono de absoluto fracaso, pero adaptándolo a su propia actitud— ¿no volveré a verla más?

Kate aguardó unos instantes y, curiosamente, aquella espera era ahora para Herbert como si —aunque por fin mucho más agobiado por el tributo pagado por Kate de lo que jamás le había agobiado el suyo— algo dependiera aún de ella.

—¿Le gustaría seguir viéndome? —preguntó Kate sencillamente.

Al oír esto, Herbert se levantó; aquello resultaba más fácil que contestar; al menos responder con sencillez aparente; durante un momento, volvió a mirar la carta con dureza y en silencio; pero por fin levantó sus ojos hasta encontrar los de ella, mientras enmascaraba cuanto podía la consciente tristeza que ambos sentían, y con un cierto aire de seguridad, deslizó la misiva en el bolsillo interior de su abrigo, dejándola reposar allí a salvo.

—Es usted prodigiosa. —Pero al decir esto arrugó la frente en un gesto de extrañeza como jamás en su vida—. Pero ¿cómo lo ha conseguido?

—¿Cómo he conseguido el prodigio? —dijo Kate Cookham—. A través suyo.

Herbert movió lentamente la cabeza, sintiendo, con la carta junto a su corazón, una soltura tan nueva, casi un nuevo campo de interés.

—Quiero decir cómo ha conseguido tanto dinero... tantísimo.

Kate le mantuvo un poco a la espera.

—¿Le parece que mil doscientas sesenta libras es tantísimo dinero? Porque ya sabe usted que no hay más —añadió.

—¡Es suficiente! —respondió con una leve y pensativa inclinación de cabeza hacia la derecha y los ojos fijos en el lejano horizonte como velados por una sombra de timidez a causa de lo que estaba diciendo. Sintió la persistente proximidad de Kate en su mejilla.

—¿Es suficiente? ¡Gracias! —continuó diciendo ella bastante sorprendida.

Herbert cambió ligeramente de postura.

—Ha tenido que reunir más de cien libras al año —dijo él.

—Sí —asintió Kate—, eso fue lo que intenté hacer año tras año.

—¡Pero que usted pudiera vivir y acumular mientras tanto esa suma...!

Sí, estaba gratamente sorprendido de sentirse con absoluta libertad, como no se había sentido jamás. Todas las curiosidades de su vida habían quedado hasta entonces sin respuesta, ¿y acaso este cambio no significaba que aquí estaba de nuevo la relación social?

—Oh, pero no siempre he vivido como usted pudo ver el otro día.

—Sí —respondió Herbert, sintiendo inmediatamente que debía de haberse sonreído al contestar—, ¡el otro día parecía que vivía por todo lo alto!

—Por una sola vez en mi vida —dijo Kate Cookham.

Y al cabo de unos instantes, añadió—: He dejado el hotel.

—¡Oh! ¿Ha alquilado usted una habitación? —preguntó Herbert deseando mostrarse sociable.

Una ligera sombra de duda pareció envolver a Kate, pero inmediatamente se deshizo, respondiendo a lo que aparentemente él deseaba saber.

—Sí, pero por supuesto lejos de aquí, en la colina. —A lo que, tras un instante, añadió—: En Mount Castle Terrace.

—Oh, sí, conozco The Mount. Y Castle Terrace es un lugar precioso y muy soleado.

—Un lugar precioso y muy soleado —repitió Kate Cookham.

—Aunque no sea como el Royal, por lo menos estará usted cómoda —continuó.

—Ahora estaré cómoda en cualquier sitio —respondió con cierta sequedad.

Era asombroso en lo que se había convertido la de Herbert.

—¿Porque yo he aceptado...?

—¡Digamos que sí! —dijo ella, esbozando una sonrisa.

—Entonces, espero que, de todos modos, ahora pueda descansar por completo.

Hablaba como si quisiera despedirse con una nota alegre, y se esforzaba en sonreír, aunque, sin duda, la mueca era poco convincente; sentía que, puesto que había aceptado, no debía hacerlo con aire abatido ni resentido. Al mismo tiempo, sabía en lo más hondo que, ante aquel rostro expectante que el velo moteado no ocultaba, no podía dar todo por acabado; al menos por su parte, no podía. En lo que a Kate se refería, en cuanto a ella —como Herbert había tenido que aceptar tantas veces a lo largo de aquella semana— la cosa era muy diferente. En cierto modo, su rostro magnífico y compasivo a la vez daba aquello por concluido, aunque de un modo extrañamente velado por las cosas que le ocultaba. ¿Qué habría hecho o qué habría dejado de hacer? Lo que le había contado –en realidad no le había contado nada– no era el relato de su vida; en cualquier caso, en medio de aquel conflicto de sentimientos dispares, era como si, hiciera lo que hiciera, Herbert diera considerables tumbos.

–Pero no puedo imaginarme... no puedo imaginarme...

–¿No puede usted imaginarse cómo he ganado tanto dinero en este tiempo siendo honrada?

–¡Oh, seguro que ha sido usted honrada! –admitió Herbert Dodd claramente.

La respuesta sacó a Kate de su inmovilidad e inició un gesto, que inmediatamente reprimió, como una nueva muestra de su generosidad hacia la incomprensión de Herbert.

–Todo ha sido posible gracias a la tensión bajo la que he vivido, gracias al odio que sentía.

–¿Al odio...?, –preguntó Herbert, puesto que ella se había detenido, como dando a entender que, después de todo, aquello era enormemente difícil.

–El odio a lo que le había estado haciendo durante tanto tiempo.

Al oír esto, y a pesar de todas sus incomprensiones, algo se iluminó para Herbert con mayor claridad de la que había visto jamás.

–¿Y eso le llevó a encontrar los medios...?

–Me obligó a pensar en todo. Me obligó a trabajar –dijo Kate Cookham. Pero inmediatamente añadió–: Pero esa es mi historia.

–¿Y no puedo oírla?

–No..., porque yo no puedo oír la suya.

—¡Oh, la mía...! —exclamó Herbert con el sentimiento más extraño y triste de resignada capitulación, como dando a entender que, aunque quisiera, no podría contarla, a causa del sacrificio y la miseria que implicaba.

Aquello pareció despertar en Kate un cierto sentimiento de envidia.

—¡Oh! También la mía, se lo aseguro...

Herbert recobró el interés.

—Entonces, podemos hablar.

—Nunca —replicó curiosamente Kate Cookham—. Nunca.

Permanecieron así, cara a cara y, pasados unos minutos, Herbert fue capaz de entender la razón de aquella negativa. Aquello era fundamental.

—Sí, comprendo.

Siguieron así frente a frente; y luego, mientras comprendía con una satisfacción que emergía de muy adentro, fue ella, como era de esperar, la que, con su delicado rostro gastado, concluyó:

—Pero ya no puedo cuidar de usted.

—¡Ya lo ha hecho! —respondió él con un tierno candor de agradecimiento.

—Oh, pero en cierto sentido, usted lo necesitará ahora... —insistió Kate,

Herbert esperó un instante, dejándose caer de nuevo en el asiento. Y mientras Kate aún permanecía de pie, él levantó sus ojos hacia ella con la sensación de que, en cierta manera, había demasiadas cosas, y de que todas estaban juntas, de un modo tremendo, irresistible y sin lugar a dudas, en los ojos de Kate y en toda su persona; durante un instante, aquello le conmovió más de lo que podía soportar. Se inclinó hacia adelante, dejando caer los codos sobre las rodillas y se sujetó la cabeza con las manos. Permaneció así, inmóvil y en silencio, consciente únicamente de la maravillosa acción de renovado apoyo que Kate le ofrecía, sabiendo que un brazo le había rodeado y le sostenía. Ella estaba a su lado en el banco de la desolación.

Este libro se acabó de imprimir
en Limpergraf, S.A., Ripollet del Vallès (Barcelona)
en el mes de septiembre de 1990